卢卡奇文集　　张亮 主编

小说理论

[匈牙利] 格奥尔格·卢卡奇 著

张亮　吴勇立　译

江苏人民出版社

图书在版编目(CIP)数据

小说理论 / (匈)格奥尔格·卢卡奇著；张亮，吴勇立译. —南京：江苏人民出版社，2024.6(2024.11重印)
(卢卡奇文集 / 张亮主编)
ISBN 978-7-214-28416-7

Ⅰ.①小… Ⅱ.①格… ②张… ③吴… Ⅲ.①小说理论—理论研究 Ⅳ.①I054

中国国家版本馆CIP数据核字(2023)第185649号

卢卡奇文集
张　亮　主编
小说理论
[匈牙利]格奥尔格·卢卡奇　著；张　亮　吴勇立　译

项 目 统 筹	贺银垠
责 任 编 辑	曾　偲
特 约 编 辑	贺银垠
装 帧 设 计	言外工作室·林夏
责 任 监 制	王　娟
出 版 发 行	江苏人民出版社
地　　　址	南京市湖南路1号A楼,邮编:210009
照　　　排	江苏凤凰制版有限公司
印　　　刷	江苏凤凰新华印务集团有限公司
开　　　本	890毫米×1 240毫米　1/32
印　　　张	5.125　插页4
字　　　数	109千字
版　　　次	2024年6月第1版
印　　　次	2024年11月第2次印刷
标 准 书 号	ISBN 978-7-214-28416-7
定　　　价	36.00元(精装)

(江苏人民出版社图书凡印装错误可向承印厂调换)

摄于 1917 年

摄于 1945 年

摄于 1971 年

写在前面

改革开放以来，20世纪西方思想开始大规模进入中国，深刻影响了当代中国知识界思想世界的构成。进入21世纪后，走向成熟的中国学术界开始用编译全集或多卷本文集这种隆重的方式，向那些曾经深刻影响过当代中国的20世纪西方思想大师致敬。在最应当致敬的名单中，显然不能缺少格奥尔格·卢卡奇。但目前市面上，尚且缺乏卢卡奇的全集或选集。

格奥尔格·卢卡奇是匈牙利著名的哲学家、美学家、文学理论与文学史家，也是20世纪最重要的西方思想家之一、最重要的马克思主义理论家之一。1935—1944年、1955年以后、1978年以后，卢卡奇分别以现实主义文学理论家、"修正主义"代表人物、"西方马克思主义"创始人三种不同的理论身份经由译介进入中国，产生了不同的思想效应，在学术界激起层层涟漪。与改革开放后被引入中国的其他20世纪西方思想家不同，在这一时期卢卡奇的著作与思想深刻参与了中国马克思主义理论形态和学术形态的当代重塑，像盐溶于水般，成为当代中国马克思主义理论与学术传统的有机组成部分。就此而言，卢卡奇是西方的，也是中国的。

如果将1935年《译文》杂志第2卷第2期上刊载的《左拉与现实主义》一文视为卢卡奇及其思想进入中国的起点，那么，中国的卢卡奇翻译史就已有近90年，翻译总量亦已超过德文版《卢卡奇全集》的一半。这是一个不容小觑的成就。不过，由于早期翻译的历史局限性及各种主客观原因，当前卢卡奇著作编译的选目与质量显然已不再能满足当今中国学术界的需要。这是因为：第一，相关出版物相对分散，缺乏系统性，有些图书甚至已近绝版，导致对卢卡奇著作的使用存在诸多不便；第二，翻译的时间跨度很长，译者群体较大且彼此缺乏交流与沟通，导致此类出版物中译文的统一性、规范性不强；第三，卢卡奇不同时期著作的翻译量不均衡，总体上呈现早期少、后期多的格局，与研究需求的匹配度不够高；第四，堪称精良的译本不多。

当前中国的卢卡奇研究正处于复兴的前夜，规模适当、选目精当的关于卢卡奇著作的文集将有利于推动研究的复兴和走向深入。鉴于此，《卢卡奇文集》应运而生。本文集秉持"书是用来读的"理念，将自身定位为可用、好用的学术普及版文集，努力以高质量的文献考订工作为基础，精选能够代表卢卡奇哲学、美学、文学理论的经典著作，进而有效覆盖卢卡奇思想发展的每一时期、每一侧面，以期完整呈现卢卡奇一生的丰富思想历程，让读者能够形成全面的认识，有效满足当代中国学术界尤其是青年研究者的阅读和研究需要。

张 亮

目 录

序　言 / 001

第一部分　宏大叙事诗的诸形式以及与总体文化之完整性或问题性的关系 / 001

　　一　完整的文化 / 003

　　二　形式的历史哲学问题 / 016

　　三　史诗和小说 / 035

　　四　小说的内部形式 / 049

　　五　小说的历史哲学制约性及其重要意义 / 062

第二部分　关于小说形式类型学的尝试 / 073

　　一　抽象的理想主义 / 075

　　二　幻灭的浪漫主义 / 091

　　三　一种尝试的综合
　　　　——《威廉·麦斯特的学习时代》 / 110

　　四　托尔斯泰和超越社会生活形式的尝试 / 121

译后记 / 131

序 言①

本书的第一篇草稿创作于 1914 年的夏季，最终定稿则是在 1914—1915 年的冬季完成的。它最早于 1916 年发表在马克斯·德索瓦②编辑的《美学和一般艺术科学》（*Zeitschrift für Ästhetik und Allgemeine Kunstwissenschaft*）杂志上，1920 年由柏林的 P. 卡西尔（P. Cassirer）出版社出版单行本。

写作的直接动机是 1914 年世界大战的爆发，也源于社会民主党支持战争的态度对左翼知识界所产生的影响。对于战争尤其是对战争的狂热支持情绪，我个人的内心深处持一种强烈而全面的拒斥态度，只不过这种拒斥态度最初并没有溢于言表。

---

① 本译文以德文版为主要参照 [Georg Lukács, *Werke Band 1（1902 - 1918）*, *Teilband 2（1914 -1918）*, Bielefeld: Aisthesis Verlag, 2018. S. 527 - 608]，也参考了英译本（Georg Lukács, *The Theory of the Novel*, trans. Anna Bostock, Cambridge: The MIT Press, 1971）。
② 德索瓦（Max Dessoir, 1867—1947）是柏林大学的教授，《美学和一般艺术科学》杂志的编辑。在卢卡奇当时的保护人马克斯·韦伯的大力斡旋下，德索瓦方才接受《小说理论》并把它刊载在该杂志 1916 年的第 3—4 期上。（本书注释如无特别说明，均为译者注。）

我想起1914年晚秋和玛丽安娜·韦伯夫人①的一次谈话。她对我描述了好些英雄主义的个别具体行动，希望以此来反驳我的抵触态度。我仅仅回答说："越好，也就越糟。"（Je besser, desto schlimmer.）这时，我尝试着用自觉的语言来表述自己情绪化的看法，大致形成了如下认识：中欧列强（Mittelmächte）② 可能打败俄国，这将导致沙皇统治的垮台，我支持这种结局。但同时也存在着西方国家击败德国的可能性，如果这能够导致霍亨索伦（Hohenzollern）王朝和哈布斯堡（Habsburger）王朝的垮台，我将同样表示支持。但接下来的问题是：谁将把我们从西方文明的奴役中拯救出来？（如果最终的胜利属于当时的德国，对我而言，这将是不啻于噩梦般的可怕前景。）

在如此心境中，《小说理论》（*Die Theorie des Romans*）③ 的第一稿完成了。一开始我打算采用系列对话的形式：一群害怕受到战争狂热传染的青年人逃出故乡，就像《十日谈》（*Dekameron*）里讲故事的人们逃出瘟疫流行的村庄一样；他们试图通过那些逐步引向本书所讨论的问题——对陀思妥耶夫斯基（Dostojewskij）的

---

① 玛丽安娜·韦伯（Marianne Weber）是马克斯·韦伯的夫人。1914年以后，卢卡奇和恩斯特·布洛赫一起，作为齐美尔的弟子进入海德堡的韦伯圈子，他们强烈的乌托邦弥赛亚主义倾向给韦伯夫人留下了非常深刻的印象，以致在多年后的回忆中她还曾有所评论。按照卢卡奇在20世纪70年代初期的自传对话中所作的纠正，他与韦伯夫人的这次谈话应当发生在1914年七八月间，因为在同年8月给韦伯夫人的一封信中，齐美尔曾就此次谈话发表过评论。
② 指在第一次世界大战时的德国和奥匈帝国，后来也包括保加利亚和土耳其。
③ 它的全称是《小说理论：关于宏大叙事诗形式的历史哲学研究》（*Die Theorie des Romans：ein geschichtsphilosophischer Versuch über die Formen der großen Epik*）。

世界的看法①——的对话，实现对自身的理解和相互间的理解。经过更深入的思考，我放弃了这个计划而把书写成了今天这个样子。因此，本书可以说是在对世界局势的永久绝望的心绪中成稿的。直到1917年，我才找到了直至那时看来都无法解决的问题的答案。

当然，假如仅仅局限在文本自身、就它的客观内容所表达出来的观点，而不参照决定它的形成的那些内在因素，对本书进行考察也是可能的。不过，我相信，在回顾差不多50年前的那段历史时，记述作品创作过程中的心境是值得的，因为这便于形成对作品的正确理解。

很清楚，我对战争连同对当时的资产阶级社会的拒斥心理都是纯粹乌托邦式的；即使在最抽象的思维水平上，也没有什么东西能调和我的主观态度与客观现实之间的差距。从方法论的角度看，这导致了非常重要的后果：我起先并没有感到有必要对自己的世界观、科学的工作方法等等进行批判性的重新评价。我那时正处于从康德（Kant）转向黑格尔（Hegel）的过程中，但不管怎样，我对于所谓"精神科学"（geisteswissenschaftlich）方法的态度丝毫没

---

① 卢卡奇的同时代人赫尔曼·黑塞曾说："在我看来，陀思妥耶夫斯基的许多作品极其明确地表达和预示了我所说的'欧洲的没落'，其中在《卡拉马佐夫兄弟》中得到最为集中的体现。欧洲的青年人，特别是德国的青年人不是把歌德，也不是把尼采，而是把陀思妥耶夫斯基看作是他们的伟大作家，这对于我们的命运似乎有某种决定性的意味。"（［德］赫尔曼·黑塞等：《陀思妥耶夫斯基的上帝》，斯人等译，社会科学文献出版社1999年版，第55页。）正是基于这样的原因，1914—1915年间，卢卡奇中断《海德堡美学》手稿的创作，准备撰写一部论陀思妥耶夫斯基的作品，后因计划过于庞大而中断，紧接着他就写作了《小说理论》。在这里，陀思妥耶夫斯基的世界观情绪得到了充分贯彻，但其人却是在结尾论托尔斯泰处方才被附带地提及。

有改变，这种态度基本上是来自青年时代充满热情地阅读狄尔泰（Dilthey）、齐美尔（Simmel）、韦伯（Weber）著作所留下的种种印象。《小说理论》事实上就是这种精神科学思潮的一个典型产物。1920年，我在维也纳结识了马克斯·德伏夏克①，他告诉我，他认为这部作品是精神科学运动最重要的出版物。

今天，认识到精神科学方法的局限性已没有什么困难了。当然，在我们批判新康德主义或其他实证主义在处理历史人物或历史关系、精神现实（逻辑、美学等）等问题上所显现出来的肤浅平庸的时候，也应该能够正确理解其相对的历史合理性。例如，我现在就在思考狄尔泰《体验与诗》（*Das Erlebnis und die Dichtung*，莱比锡，1905年版）一书所展现出来的魅力，他的这本书似乎在许多方面都开辟了新领域，它向我们展现了一个在理论层面和历史层面都进行大规模综合的精神世界。但在那个时候，我们都未曾看到，这种新方法事实上并没有克服实证主义，而且存在着深刻的缺陷，即它的综合还缺乏客观基础。（那时候，我们中的青年人都忽略了这样一个问题，即这些有天赋的人并不是通过这种方法达到他们真正令人信服的结论的。）仅仅借助一个学派、一个时代等的几个特性——在绝大多数场合只是通过直觉把握到的——就形成各种普遍的综合性概念，然后开始从这些普遍概念演绎到对个别现象的分析，并以此达到我们所说的全面的观点，这就是当时的时尚。

这也是《小说理论》的方法。对此，请允许我稍加引用例证。

---

① 德伏夏克（Max Dvořák，1874—1921）是捷克人，后到维也纳学习艺术史，成为维也纳学派的主要代表人物之一。

在小说形式的类型学（Typologie）①中，思想的抉择（gedankliche Alternative），即主人公的内心与现实的关系是过窄还是过宽，起着举足轻重的作用。这种高度抽象的两分法至多适用于对《堂吉诃德》（*Don Quijote*）所代表的第一种类型的特定方面的阐述。但是，它太过一般了，以致它甚至不能让人完整地领会这部小说的历史丰富性和美学丰富性。至于属于相同类型的其他小说家，如巴尔扎克（Balzac）甚至彭托皮丹②，却由此被套进了被该方法弄得走了样的概念桎梏之中。其他类型的情况也是一样。而以"精神科学"的抽象综合方法在对托尔斯泰（Tolstoi）作品的处理中，这一特点表现得更为彰显。《战争与和平》（*Krieg und Frieden*）的结尾事实上是拿破仑（Napoleon）战争时代纯理想化的终结（ein echter ideeller Abschluß）；托尔斯泰在一些角色的发展中已经埋下了伏笔，从中我们可以预见到 1825 年的十二月党人起义（Dekabristenaufstand）。可《小说理论》的作者却顽固地坚持《情感教育》（*L'Education sentimentale*）的模式，因此，在这里，他能发现的就只是"一种被压抑的气氛，有如幼儿园的孩子被喝令安静一般"，"这比最成问题的幻灭小说的结局更令人忧郁"。这类例

---

① 卢卡奇的小说类型学在方法论上受到了马克斯·韦伯的宗教类型学研究的深刻影响，正是因为这种方法论上的共同性，韦伯方才极力举荐《小说理论》，并力保它能完整地发表。而作为杂志的主编，德索瓦实际上对《小说理论》特别是具有方法论性质的第一部分中"完整的文化"这一节内容是相当不满的。
② 彭托皮丹（Pontoppidan，1857—1943）是丹麦现实主义作家，小说笔调冷峭、超然，近似史诗笔法，内容涉及丹麦社会生活的各个方面，1917 年获诺贝尔文学奖。在第二部分"抽象的理想主义"这一节内容中，卢卡奇对他的小说《幸福的汉斯》有专门的评论。

子不胜枚举,在此只须指出下面的事实就足够了:诸如笛福(Defoe)、菲尔丁(Fielding)和司汤达(Stendhal)等小说家并未出现在这一结构的图式中;《小说理论》的作者运用了任意的综合方法,导致他对巴尔扎克、福楼拜(Flaubert),或者托尔斯泰、陀思妥耶夫斯基等作家形成了彻底颠倒的看法。

如果要揭示"精神科学"抽象的综合方法的局限性,那么,就必须提及这些扭曲。当然,这并不是说,对于《小说理论》的作者而言,揭示这些饶有趣味的相关性的道路原则上就被排除了。在这里,我又要提及那个最具代表性的例子:对《情感教育》中时间作用的分析。① 虽然它对具体作品的分析还太抽象,主要只是依据小说的最后部分(在1848年革命最终失败之后),它所发现的"对消失了的时间的探寻"最终还是得到了客观的证实。也就是说,仅仅根据柏格森(Bergson)的"绵延"(duree)概念,我们就对小说中时间的新功能有了一个清晰的系统理解。考虑到普鲁斯特(Proust)直到1920年以后在德国才为人所知,乔伊斯(Joyce)的《尤利西斯》(*Ulysses*)的成名时间是1922年,而托马斯·曼(Thomas Mann)的《魔山》(*Zauberberg*)直到1924年才获出版,那么,这些成就就更令人瞩目了。

因此,《小说理论》是"精神科学"的典型产物,它并没有指明超越其方法论局限性的道路。但是,它的成功却绝不是偶然的(托马斯·曼和马克斯·韦伯都属持赞同态度的读者之列)。虽然植根于"精神科学"的方法,但在特定的范围内,这本书的确已经显

---

① 参见第二部分中"幻灭的浪漫主义"。

现出某些在以后的发展中显得极为重要的特征。我们已经指出，《小说理论》的作者是一个黑格尔主义者。"精神科学"方法的老一辈代表人物是以康德哲学为基础的，尚没有脱离实证主义的窠臼；这一点在狄尔泰那里体现得尤为明显。克服实证论单调的理性主义的企图，差不多也就意味着向非理性主义方向的开步；这尤其适用于齐美尔，也适用于狄尔泰自己。黑格尔的复兴的确在战前几年就已经开始了。不过，在这一复兴中，真正严谨科学的兴趣大多被限定在逻辑学和一般科学理论领域。据我所知，《小说理论》是"精神科学"中第一部将黑格尔哲学的发现成果具体地运用到美学问题中的著作。本书第一大部分的大多数段落基本上都采用了黑格尔的理论，例如史诗和戏剧艺术的总体性模式比较、史诗和小说在历史哲学观念上的异同，等等。① 然而，《小说理论》的作者不是一个绝对的或正统的黑格尔主义者。歌德（Goethe）、席勒（Schiller）的分析，歌德晚期所运用的某些概念（如精灵［Dämonen］），青年弗·施莱格尔（Friedrich Schlegel）和索尔格②的美学理论（作为一种现代赋形方法的反讽），都对黑格尔的总体轮廓起到了补充和具体化的作用。

美学范畴的历史化或许是黑格尔更重要的一项遗产。在美学领域中，这是黑格尔复兴所带来的最重要的结果。像李凯尔特（Rickert）及其学派这样的康德主义者，在永恒的价值和价值的历

---

① 参见［德］黑格尔《美学》第三卷下册"第三章 诗"，朱光潜译，商务印书馆1981年版。
② 索尔格（Karl Wilhelm Ferdinand Solger，1780—1818）是德国浪漫派重要的文艺理论家之一，曾提出了诗歌的反讽说。在美学上，他承接谢林，在某些方面趋向于黑格尔。

史实现之间设置了一道方法论沟壑。虽然狄尔泰认为这个矛盾并不显著，但在他为哲学史方法描绘的草图中，他同样没能突破性地建立一个各种哲学的元历史类型学——而后它们将在具体变化中得以历史地实现。在一些美学分析的个案中，他获得了这方面的成功，但在一定意义上他太过模糊，肯定没有意识到要去创立一种新的方法论。这种建立在哲学保守主义基础上的世界观表达了"精神科学"主要代表人物的保守的历史政治态度。这种态度在智识上回到了兰克（Ranke）的立场，和黑格尔世界精神辩证发展的观念构成了尖锐冲突。当然，也有实证论的历史相对主义，战争期间，斯宾格勒（Spengler）就是这么做的，他将所有范畴都绝对地历史化，否认任何无论是美学的、伦理学的还是逻辑的超历史的合法性的存在，并由此把这一方法和"精神科学"的倾向融合在了一起。这样，他就从他那方面取消了统一的历史进程：极端的历史动力论变成了一个静止的观点，并最终取消了历史本身，走向总是终结然后紧接着重新开始的、内部分裂的文化循环的序列；一个与兰克分庭抗礼的对立面就此形成了。

但《小说理论》的作者没有走得这么远。他当时正在寻找文学类型的一种普遍辩证法，这是历史地构建在美学范畴和文学形式的真实本质基础上的普遍辩证法，他力求在范畴和历史之间，找到较之于他在黑格尔那里发现的更为紧密的联系；他力图理性地理解变化中的永恒，理解本质在持久合法性范围中的内在变化。但他的方法在许多方面，包括在许多非常重要的关联上，都还很抽象，脱离了具体的社会历史现实。虽然已经指出来了，但它还是不断地导致任意的思想建构。直到 15 年后——当然已经是在马克思主义的基础上——我才找到了解决问题的方法。斯大林时代,当里夫希茨①和我反对各式各样的庸俗社会学,力图揭示马克思真实的美学并进一步发展它时,我们获得了一个真正历史的系统方法。《小说理论》仅仅意味着一个尝试,可惜它无论在设计方面还是执行方面都是失败的,不过,与它同时代人能做到的相比,它确实在目的上要更接近于问题的解决。

本书感到棘手的美学的"当下"(Gegenwart)问题同样属于黑格尔的遗产:我指的是这样一个观念,即从历史哲学的观点来看,发展导致对决定当下的艺术发展的诸美学原则的取消。在黑格尔那里,作为这种观念的一个理论结果,只有艺术被认为是个悬而未决的问题;当他从美学的角度界定这个情状时,"散文的世界"(Welt der Prosa)② 就是精神在思想和社会国家实践中都得到实现的领域。既然现实已经变得不成问题了,那么,艺术就变得问题重重了。《小说理论》提出的观念,虽然形式相似但事实上正相反:小说的形式问题不过是已经破碎的世界的镜像。这就是为什么,和其他种种文学形式相比,"生活散文"("Prcsa" des Lebens)仅仅象征着现实不再为艺术的发展提供有利的条件;这就是为什么,小说的中心问题就是必须扣除(Abrechnung)源于存在的完整性的总体的封闭的形式——艺术与内在完整的形式世界毫无关系。这不是因为艺术而是因为历史哲学的理由:因为"不再有自发的存在总

---

① 里夫希茨(M. A. Lifshitz,1905—1983)是卢卡奇在苏联马克思恩格斯列宁研究院的同事和理论合作者,著有《论马克思艺术观点的发展》(1933)。
② 关于"散文世界"和"生活散文",请参见[德]黑格尔《美学》第三卷下册,朱光潜译,商务印书馆1981年版,第167—168页。

体"了,《小说理论》的作者讲述的就是今天的现实。几年后,哥特富里德·贝恩①以其他方式提出了相同的思想:"不再有现实,有的至多只是它扭曲的影像。"②虽然《小说理论》在本体论的意义上比表现主义诗人们更批判、更深刻,不过,两者俱表达了对生活的类似感受和对现状的类似反应。在 20 世纪 30 年代关于表现主义和现实主义的争论中,这引起了一种多少有些怪诞的局面:恩斯特·布洛赫(Ernst Bloch)在激烈地反对马克思主义者格奥尔格·卢卡奇时,却乞灵于《小说理论》。③

从本质上讲,《小说理论》和作为一般方法论导师的黑格尔之间的对立主要体现为社会的,而非美学的和哲学的对立,这一点非常清楚。只要回忆一下本文开头提及的作者对战争的态度,就能充分说明问题了。需要补充的是,他那时对社会现实的见解受到索列尔④的强烈影响。所以,《小说理论》中不用黑格尔的术语,而是套用费希特(Fichte)的话将现时代定性为"无以复加的罪恶时

---

① 哥特富里德·贝恩(Gottfried Benn,1886—1956)是两次世界大战期间德国重要的表现主义诗人和杂文作家,1912 年曾出版诗集《陈尸所》,在《小说理论》中,这一意象得到了吸收。
②《表现主义的教义》(Bekenntnis zum Expressionismus)原刊登于 1933 年 11 月 5 日的《德国的未来》(Deutsche Zukunft),现收入 D. 韦勒斯霍夫(D. Wellershoff)编辑的《全集》第 1 卷,威斯巴顿,1959 年版,第 245 页。——原注
③ 关于卢卡奇与布洛赫在这一问题上的争论,请参见卢卡奇、布莱希特等著,张黎编选的《表现主义论争》(华东师范大学出版社 1992 年版)。但需要说明的,发生了变化的是卢卡奇本人,而不是恪守自己青年时代理论立场的布洛赫。就此而论,布洛赫乞灵于《小说理论》也就是重申自己的立场,这并不"怪诞"。
④ 乔治·索列尔(Georges Sorel,1847—1922)是法国社会学家、哲学家和工团主义理论家,其代表作为 1908 年的《暴力论》(Théorie de la violence)。在他看来,暴力是对现存社会秩序的革命否定,国家的武力则是强制的力量;人性并不本善,因此,令人满意的社会秩序不可能自然生成,而必须诉诸革命行动。

代"。这是一种具有伦理色彩的现实悲观主义，但无论如何，它也不意味着从黑格尔向费希特的全面倒退，反而可以说是黑格尔历史辩证法的克尔凯郭尔化。克尔凯郭尔（Kierkegaard）对《小说理论》的作者一直起着关键性的影响作用，在克尔凯郭尔时髦起来之前很久，他已经就克尔凯郭尔的生平与思想的关系写了一篇论文①。在战前的海德堡时期，他曾致力于研究克尔凯郭尔对黑格尔的批判，只是这一研究没有完成。提及上述事实并不是出于传记的考虑，而是为了指明一种在德国思想中后来变得很重要的发展趋势。确实，克尔凯郭尔的直接影响是与海德格尔（Heidegger）和雅斯贝斯（Jaspers）的存在哲学相衔接的，它或多或少开辟了一条与黑格尔公然相反的道路。但不能忽略的是，黑格尔哲学复兴的孜孜以求的目的就在于努力缩小黑格尔和非理性主义的对立。这种趋势在狄尔泰1905年对青年黑格尔的研究②中就已经可以察觉到了，而当1924年克朗纳（Kroner）宣称黑格尔是哲学史上最大的非理性主义者时③，它就具有了明确的表现形式。虽然克尔凯郭尔的直接影响此时还未能得到证实，可到了20年代，它就以潜在的却日益深化的方式无处不在了，它甚至逐步导致了对青年马克思的克尔凯郭尔化。例如，卡尔·洛维特④1941年就写道："尽管（马克思

---

① 《生活和形式的碰撞》（Das Zerschellen der Form am Leben），写于1909年，收录在《心灵与形式》（Die Seele und die Formen）（柏林，1911）中。
② 指狄尔泰的《黑格尔的青年时代》一文。
③ 指克朗纳的《从康德到黑格尔》一书。
④ 卡尔·洛维特（Karl Löwith, 1897—1973）是德国现代哲学家和哲学史家，著有《从黑格尔到尼采——19世纪思想中的革命性断裂》（Von Hegel zu Nietzsche. Der revolutionäre Bruch im Denken des neunzehnten Jahrhunderts, 1941）等书。

和克尔凯郭尔）相去甚远,但他们却在两个方面是一脉相承的,那就是对现实存在的共同抨击和同源于黑格尔这一事实。"(现在已经没有必要去指明,在当代法国哲学中,这一倾向流传得有多广了。)

浪漫的反资本主义立场在哲学和政治上所具有的不确定性,是这些理论的社会哲学基础。最早——大约在青年卡莱尔①和科贝特②那里——表现为对早期资本主义所产生的恐怖和野蛮的真正批判,有时,比如在卡莱尔的《过去与现在》（*Past and Present*）中,它甚至表现为社会主义批判的初级形式。而在德国,这一态度则逐步转化为对霍亨索伦帝国政治和社会的落后状态的辩护。从表面上看,像托马斯·曼的《一个非政治的人的沉思》（*Betrachtungen eins Unpolitischen*,1918）这样一部重要的战时作品也属于这一倾向。不过,托马斯·曼以后在20年代的发展则证实他对这部作品的自我描绘是至为合理的:"它是以极重要的方式进行的掩护退却的战斗,是德国浪漫的资产阶级精神的最新和最后的抗拒,是已经被充分意识到没有希望的战斗……（它）甚至洞察到,任何对将死事物的同情在精神上都是不健康且不道德的。"

在《小说理论》作者身上,我们没有发现上述情绪的丝毫踪迹,尽管他的哲学起点是由黑格尔、歌德和浪漫派提供的。他对资

---

① 卡莱尔（Thomas Carlyle,1795—1881）是英国作家和历史学家,曾在浪漫主义的立场上对英国资本主义进行过猛烈抨击,代表作就是下面将提及的1843年出版的《过去与现在》。1844年,恩格斯曾为此书写过一篇书评（《英国状况——评托马斯·卡莱尔的"过去和现在"》,《马克思恩格斯全集》第1卷,人民出版社1956年版）。

② 科贝特（William Cobbett,1763—1835）是19世纪英格兰最伟大的新闻记者和最勇敢的政治人物之一。他的政治理想是重建早期英格兰社会,而他理解的这个英格兰没有政党,没有国债,没有工厂,各个阶级和睦相处。

本主义野蛮的抗拒，使得他对"德国人的惨况"以及他们在当代的残余不留任何同情。这一点与托马斯·曼迥然不同。在本质上，《小说理论》不是保守的而是颠覆性的，虽然它建立在非常天真、彻底虚幻的乌托邦的基础之上——这种幻想以为人应该具有的自然生活能够从资本主义的分裂中产生，也能从与这种分裂相一致的、无生命与敌视生命的社会和经济范畴的毁灭中一下子产生出来。在对托尔斯泰的分析中，本书达到了它的理论顶点，这一事实连同作者对"不写小说"的陀思妥耶夫斯基的观点清晰地表明，作者不是在寻找什么新的文学形式，确切地说，他是在追寻一个"新世界"。我们自然会对这种原始的乌托邦报以微笑，但正是它传达出了存在于那个时代的一种忌潮。到了 20 年代，利用社会的方法来超越经济世界的观念，渐渐地越来越凸现出其反动的特征。而在创作《小说理论》的时候，这些思想还处于一种完全未分化的萌芽阶段。再举一个例子就够了。如果希法亭（Hilferding）这位第二国际最负盛名的经济学家，在《金融资本》（*Finanzkapital*，1909）中能这样描述共产主义社会："（在共产主义社会里）交换仅仅是偶然的，而不是经济学理论思考的可能主题。对它不能进行理论分析，只能作心理学理解"。如果我们——假定是以革命的眼光看问题——思考一下在战争最后几年和战后最初时期的乌托邦，那么，我们就能够对《小说理论》中的乌托邦作出一个合乎历史事实的更公正的评价，但对于书中存在的缺少理论依据的缺陷，我们则不能以任何方式弱化对它的批判。

之所以这种批判的态度对我们不无神益，是因为这样我们就可以正确地按照其本来面貌发现《小说理论》的一个更深入的、为德国文学增加了某些新东西的特征。（我们这个将要验证的现象在法国早已为人所知。）简要地说，就是《小说理论》的作者拥有一个旨在把"左"的伦理和"右"的认识论（本体论等）融合起来的世界观。威廉大帝时代的德国，所有的那些原则性很强的反对派文学都是建立在启蒙精神传统基础上的（在绝大多数情况下，是这一传统最肤浅的模仿者），它全面否定了德国有价值的文学和理论的传统。社会主义者弗兰茨·梅林（Franz Mehring）在这一方面是个特例。根据我对这一系列问题的判断，《小说理论》是对现实的传统守旧理解与面向激进革命的左派伦理相结合的第一部德文著作。在 20 年代的思想中，这一观点扮演了一个日益重要的角色。对此，我们只要想想恩斯特·布洛赫的《乌托邦精神》(Geist der Utopie，1918，1923)和《革命神学家托马斯·闵采尔》(Thomas Münzer als Theologe der Revolution)、瓦尔特·本雅明（Walter Benjamin）的著作①甚至是泰奥多·W. 阿多诺（T. W. Adorno）的一些早期著作就行了。② 在反对希特勒（Hitler）的思想斗争中，这个观点的意义更为重大：很多人尝试着——他们从"左"派伦理出发——把尼采（Nietzsche）甚至是俾斯麦（Bismarck）都动员为进步力量以对抗法西斯。请允许我顺便提一下，在法国，这种倾向

---

① 主要是本雅明《德国悲苦剧的起源》(Ursprung des deutschen Trauerspiels)之前即所谓前马克思主义时期的著作。事实上，本雅明的《德国悲苦剧的起源》和卢卡奇的《小说理论》一起，被认为是法兰克福学派美学思想的两个主要支撑文献。
② 卢卡奇能看到的阿多诺早期著作主要是后者于 1932 年完成、1933 年出版的教职论文《克尔凯郭尔：审美对象的建构》(Kierkegaard. Konstruktion des Ästhetischen)。阿多诺的这部著作受《德国悲苦剧的起源》的影响很深。

比德国出现的要早得多，如今它在萨特（Jean-Paul Sartre）身上已找到了相当有影响力的代表。而为什么这一现象会更早地在法国出现？为什么该现象在法国具有更持久的影响力？由于显而易见的篇幅原因，有关这两个问题的社会原因在这里就不加以讨论了。随着希特勒的失败、战后的恢复和经济奇迹的发生，左派伦理的这个作用在德国却被忘却了，时事讲坛出让给了一个佯装不随大流的随波逐流派。德国最重要的知识分子中的相当一部分人，如阿多诺，已经搬进"深渊大饭店"（Grand Hotel Abgrund）了①，如同我在批判叔本华（Schopenhauer）时把这个大饭店描写为"一个富丽堂皇、设备齐全、处在深渊、处在虚无和无意义边缘的饭店。在精美的膳食之间或风雅的娱乐之间，每日注视着深渊，只能强化精妙的舒适享受所带来的快感"②。恩斯特·布洛赫毫不动摇地坚持他综合"左"派伦理和"右"派认识论的事业——例如，参看《哲学的诸基本问题（第一卷）：尚未存在的本体论》（*Philosophische Grundfragen I, Zur Ontologie des Noch-Nicht-Seins*，法兰克福，1961年版），这一事实固然给其个性带来荣耀，但不能掩盖其理论观点的过时性。一个真实的、成果丰富的、进步的对立面正在（包括联邦德国在内的）西方世界活跃着，但它与左派伦理和右派认识论的结合已不再有任何关系。

因此，如果现在有人读《小说理论》，是为了更熟悉地把握20

---

① 这是卢卡奇在回应阿多诺在1956年出版的《棱镜》（*Prismas*）一书中对他的抨击。
②《理性的毁灭》（*Die Zerstörung der Vernunft*），新维德，1962年版，第219页。——原注

世纪 20 和 30 年代重要的意识形态的思想前史，那么，用这种批判的方式阅读它，将能够获益匪浅。但如果想以它为向导来读此书，结果就只能导致更大的方向性错误。青年作家阿诺德·茨威格①读《小说理论》时希望它能帮助他辨清方向；而他健全的本能正确地引导他坚决彻底地否定了它。

格奥尔格·卢卡奇
1962 年 7 月于布达佩斯

---

① 阿诺德·茨威格（Arnold Zweig，1887—1968）是 20 世纪上半叶的德国犹太作家。

谨将此书献给

叶莲娜·安德烈乌娜·格拉本科*

* 格拉本科（Jeljena Andrejewna Grabenko，1889—?）是俄国革命者、画家，卢卡奇的第一任妻子。1913 年，卢卡奇在意大利与因参加俄国 1905 年革命而流亡的格拉本科相识，旋即结婚。后因为格拉本科与一个青年钢琴家的热恋，两人的婚姻陷入危机之中，并最终于 1919 年解除婚姻关系。格拉本科大约在 1920 年代初回到自己的祖国，此后杳无音讯。

第一部分

宏大叙事诗的诸形式以及
与总体文化之完整性或问题性的关系*

* 以下论述从多个方面看，都是断片性的。它们属于导引性的篇章，当初写作的时候服务于讨论陀思妥耶夫斯基的美学—历史哲学论著。它们的根本目的是挺消极的：描述其与文学形式相关联的背景，以及与历史哲学相关的背景，在此背景之下陀思妥耶夫斯基这样一位新人类的宣布者、新世界的塑造者、新形式的发现者和重浸派人士（Wiedertäufer）是怎样应运而生的。我希望，只需动用对他的作品及其历史哲学意义的实证分析的少部分内容，就能通过补充性的比对，用暗示的方式，将真相显豁地表现出来。由于我被征召入伍，这项工作被中断，又由于在此期间心里不确定整部作品何时才能完成——如果还能完工的话，我感到有必要把这些讨论文字以此种形式公之于众，这篇讨论文字在其可能的篇幅之内，勉为其难做到了详尽地论述一个有限的主题。当然由于各种外在因素，它不仅不符合曾经期待过的体系规范，而且个别之处在最后的打磨加工上也没能够尽如人意。所以我请求读者诸君不要因为这点而怪罪我，在阅读的过程中还是要关注积极的东西、有创发的东西，关注文中所揭示的特别问题。——原注

一 完整的文化

在那幸福的年代，星空就是人们能走的和即将要走的路的地图，星光朗照之下，道路清晰可辨。那时的一切既令人感到新奇，又让人觉得熟悉；既险象环生，却又为他们所掌握。世界虽然广阔无垠，却是他们自己的家园，因为心灵（Seele）① 深处燃烧的烈焰和头上的璀璨星辰拥有共同的本性；② 尽管世界与自我、光与火是彼此分开的，但不会永远地互相见外，因为火是每一道光的心灵，

---

① "Seele"是流行于19世纪末20世纪初的德语思想界的一个关键词，也是早年卢卡奇的一个核心概念。在一般论述中，有国内学者将它译为"灵魂"，但我们认为似乎译作"心灵"更妥当些：它指的就是人的精神，却反对那作为哲学术语并为人所广泛接受的"精神"概念，因为后者已经物化和异化了。它既是客观的和普遍的，又是混沌的和未分化的，是人类消除时代的文化悲剧的力量所在。在1911年的《心灵与形式》中，它具有更多的神秘主义泛神论色彩，而在《小说理论》中，它的理性主义内涵则要浓厚得多了。最后，特别要说明的是：虽然心灵就在我们之中，但它是先验的，而非经验的。

② 康德说："……头上的星空和内心的道德法则。我无需远求它们或猜度它们，仿佛它们掩蔽在黑暗中，或处在我的视线以外的超越境界一样；我亲眼看见它们在我面前，并把它们和我自己的存在意识联系起来。"（[德]康德：《实践理性批判》，关文运译，商务印书馆1960年版，第164页。）卢卡奇显然是在转述康德的这一论述，与康德的不同之处在于他已经在黑格尔的影响下将这一关系历史化了。

而每一束火也都披着光的华裳。所以,一切行动对于心灵都是富有深意的,在这两重性中也都是完满的:在感性之中是完满的,对于诸感觉而言也是完满的;完满是因为心灵行动之时是安居不动的;完满是因为心灵的行动脱离了心灵,自成一家,并以自己的中心为圆心为自己画了一个闭合的圈。"究竟而言,哲学是一种思乡病,"诺瓦利斯(Novalis)说,"不论浪迹到何处它都迫切地想回家。"所以,哲学——无论是生活形式的哲学,还是决定文学形式并提供文学内容的哲学,总是表征为"内"与"外"的断裂、自我与世界的本质区别,以及心灵与行为(Tat)的失调。所以说,幸福的年代没有哲学,或者不妨说,那时的每一个人都是哲学家,各自哲学的乌托邦宗旨都是圆满具足的。真正哲学的任务,不就是画出那张原始地图的面貌?先验地点(transzendentaler Ort)的问题,不就是考察从心灵最深处迸涌出的种种跃动,与一种它所不知晓但始终被赋予它的并必然将它包裹进拯救性符号之中的形式的从属关系?① 如此一来,被理性先行决定的激情就成全了通向完整的自身性(Selbstheit)的道路;同时,先验力量的符号虽然玄幻奥妙,然而并非无解,它们在癫狂状态下被言说出来,否则也就只有走向沉默的份了。对于心灵而言,并不存在丰富幽深的内在性,因为对它来说,尚没有外在,也没有什么"他者"(Anderes)。心灵远行

---

① 不论我们将"transzendental"译为"先验的",还是"超验的""超越论的",似乎都不能完全体现"transzendental"的全部意义,对此,倪梁康先生已经在《胡塞尔现象学概念通释》(生活·读书·新知三联书店 1999 年版,第 456 页)中进行了深入说明。不过,在《小说理论》中,卢卡奇所要强调的显然是"transzendental"先于经验认识并使经验认识成为可能的这一意义,据此,在本书中,我们将"transzendental"一般译作"先验的"。

涉险，经历了万般险恶，但它其实并不知道寻觅的真正痛苦和发现后的真正危险。这样的一颗心灵断然不会将自己作为赌注决死一掷的。它尚不知道自己会迷失自我，也从未想过要去寻找自我。这样的年代就是史诗世系纪元。在这样的年代里，人物和行动身披的外衣既令人欢喜也让人感到冷峻（因为自泰初伊始，这世界上所生发的一切无意义之事和悲惨之事都还没有发育完全，大地上唱响的只是慰藉心灵的歌声，或更明亮或更低沉），但这身外衣既不是无忧，也不是存在的安全感，而是行动与心灵内在要求（尺度、展开程度、整体感）的相适。如果心灵还不知道它自身中敞开着一道无底深渊，那么它要么被这深渊引诱着坠落下去，要么受到深渊的激励向着无路可通的高峰奋勇攀行；如果人还不知道神性统御着万方，并给这个世界分配着属于命运的神秘莫测而不公的赠予，而这神性又是如此熟稔如此亲密地与人对面相峙，仿佛父亲面对他的幼小的孩子的时候一样，那么每个行动对于这个心灵就只是一身合体的外衣。存在与命运、冒险与成就、生活与本质，其实都是同一的概念。原因就在于：史诗为"生活如何能变得本真"这个问题给出了一个建设性的模范。严格说起来，只有荷马的诗才堪称史诗。之所以千百年来没有人能与荷马比肩，甚至都远不曾有人接近过他，其原因就在于他在人类精神穿越进历史进程并将疑问昭告天下之前，就已经找到了问题的解答。

也可以说，希腊文化的秘密就此横陈在我们面前：对我们来说，它的完美是不可想象的，它与我们的陌生疏离也是无法跨越的。希腊人只知答案而不知问题，只知（甚至是玄妙的）谜底而不知谜题，只知形式而不知混沌无序。在历尽悖论的这一头，他为诸形式（Formen）① 画出了一个创造性的圆圈，在历史悖论成为现实之后，所有导致平庸的事物，也会将这一圆圈引向完美。当我们说起希腊人的时候，总要把历史哲学与审美学、把心理学与形而上学杂糅在一起，我们还在希腊人的诸多形式和我们今天的世系之间构建了一种联系。在这些本就无声的、永远寂静的面具②背后，美丽的心灵在寻找那独一无二、稍纵即逝且永远无法把握的颠峰时刻，这是它们可以梦想到的安宁时刻，但它们显然忘记了：那些时刻的价值正在于它们的转瞬即逝，它们回归希腊所要逃避的正是它们自己的深度和博大。拥有更深刻的精神的人则试图将他们自己流淌的血液凝淬成紫色的钢铁用来锻造盔甲，这样，他们的创伤就可以永久地隐藏，他们英雄风范的仪态就要变成即将来临的、真正属于英雄风范的定式——把他们创造的这塑形的碎片和希腊人的和谐一致相比较，把从他们的形式中产生的独有的痛苦和他们幻想中通过希腊式的纯净来加以舒缓的痛苦相比较，这种新的英雄风范就可能复活。他们希望，以他们固执的、唯我论的方式，将形式的完美诠释为内部破碎的一个功能——从希腊人的构成物（Gebilde）中听到一种痛苦的声音，这声音的痛苦程度超过了他们自己的痛苦，恰如希腊艺术胜过他们自己的塑造一样。这是精神的先验地形图（Topographie）的完全转变，该地形图的本质和后果当然都是可以描述的，其形而上的重要意义也是可以被解读和领会的，但是想在它那找到一种心理学

---

① "Form"也是当时的一个关键词，它是心灵或生命外化、客观化、客体化的表现方式。在卢卡奇把它与心灵对峙起来的地方，狄尔泰、齐美尔则分别将生命与表现、生命与形式对峙起来。
② 在古希腊戏剧中，演员是戴着面具演出的。

总是不可能的,无论是移情也好或仅仅是一种理解也好。因为每一种心理学的把握都预先设定了先验地点的确切方位,并只在其范畴内发挥作用。我们是不会尝试着用这方法去理解希腊世界的,否则到最后会不由自主地问:我们怎样创造这些形式?或我们拥有了这些形式之后该怎么做?如果我们查究希腊精神的先验地形图,岂不会收获更丰?因为希腊精神和我们的精神在本质上是断然不同的,也正是希腊精神使得这些形式可能产生,实际上也必然产生。

我们已说过,希腊人的答案出现在他们的问题之先。这一点是不能从心理学的意义上去理解的,至多只能借助先验的心理学。这意味着在规定了所有的体验和所有赋形的最终结构关系中,在先验地点之间、在先天地赋予它们的主体间,并不存在无法克服、非一跃无以沟通的质性差别;也意味着向着最高峰的上升和向着最无意义处的坠落,都是在充分(Adäquation)的道路上进行的,即是说,在最坏的情况下也是通过逐步的、连续的测量步子,经过多次的过渡,层级式地实现的。因此,这样一个家园里的精神的态度就是对已产生并存在着的意义的消极的、空幻的接受。意义的世界可以把握,可以一览无余地领会,关键只在于在这个世界里找到一个为每个个体预定的位置。在这里,错误只是太多或太少的事,只是在尺度或者洞见上的失当。因为知识只是除去朦胧的面纱,创造只是对可见的永恒本质性的描摹,德性就是关于所行之路的完美知识;感官迟钝(das Sinnesfremde)仅仅是因为它的来源之地与感官距离太远了。这是一个同质的世界,即使人和世界、"我"和"你"的分离也不能打破这种一同的质料性(Einstoffigkeit)。如同周而复始的四季中的任何一季,心灵就处在世界的中心;构成其轮廓线的界限与事物的轮廓线在本质上别无二致：它描画了清楚而稳定的线条，但有所不同的是，心灵的区分线条只涉及并且为了一个充分均衡的同质系统的目的而发生了相对的分离。人并不是作为实体性（Substantialität）① 的唯一承受者，在反射形式（reflexiver Formungen）的中心孤立地生存：他和其他人的关系，以及由此形成的构成物也都为实体所充盈，就像为实体所充盈一样，而实际上，他们是更加真实地为实体所充盈，因为他们与原型的家园有一种更普遍的、更"哲学"的、更贴近也是更亲密的关系：爱、家庭、国家。他该做的事只是一个教育的问题，用语言来表述，就是他还没有回到家这样一个事实；但这一表达也未能道尽他和实体之间唯一的、无法扬弃的关系。在人的内心里，也没有一种迫使他完成这一跳跃的东西：他承受着远离实体的物质的玷污，他必须在脱落质料的升华过程中去接近实体，使自己得到净化；他前面是一条长长的路，但他的内心并没有深渊。

这样的界线必然圈起一个圆整的世界。即使在当下意义的群星图景围绕着宇宙画出的可体验和将被赋形的圆圈之外，仍感受到了威胁性的、无法理喻的力量的存在，它仍旧不能将当下在场的意义驱逐；它们可以毁灭生活，但是永不能扰乱存在，它们可以在被赋予了形式的世界上投下黑影，但这黑影却注定要被形式吸收，成为使之愈发鲜明的参照。希腊人形而上的生活圈子比我们的小：所以我们永不能真切地置身其中，或者毋宁说，这个小圈子的闭合性构

---

① 我们应当在康德的物自体和心灵的复合意义上来理解《小说理论》中频频出现的实体概念，正是因此，下文才说"我们在自己身上发现了真正的实体"。

成了他们生活的先验本质，而我们的这个圈子已然破裂；在那样一个完整的世界里，我们甚至不能呼吸。因为我们已经发明了精神的生产性（die Prcduktivität des Geistes），所以，原始图像（Urbilder）无可挽回地失去了它们对于我们具体的自明性，我们的思考走着一条永远无法彻底接近它的无止尽的路。但我们也发明了赋形的方法：这就是为什么我们疲惫不堪地手所绝望地放弃的一切都是不完满的。因为我们在自己身上发现了真正的实体：所以，我们要在认识和实践之间、在心灵和构成物之间、在自我和世界之间放置一道无以渡过的深渊；所以，我们将深渊那一端的每一个实体性都在反射中散漫开去；所以，我们的本质必须变成我们自己的设准，并因此在我们和我们的自我之间设置更深、更具威胁性的深渊。我们的世界因此变得无限广大，它的每一个角落都蕴藏着远比希腊世界更丰富的礼物和危险，但是，这和富藏同时也消除了他们生命的持久的、肯定的意义，即总体性（Totalität）①。作为给每一个个别现象赋予形式的先在者（als formendes Prius），总体性意味着封存在它自身内部的某些东西是完整的；它之所以是完整的，是因为一切都发生在它的内部，没有东西被它排斥在外，也没有任何东西能指向比它更高的外部；它之所以是完整的，是因为它内部的

---

① 在1923年的《历史与阶级意识》中，卢卡奇赋予总体性以三种内涵：首先指的是当下发生的社会历史的本体建构过程，也就是《资本论》所描述的资本的抽象统治；其次是一种乌托邦理想，在尼采宣布上帝已死、齐美尔说人已经因为金钱而成了一个无限的世界公民的情境中，它一方面缅怀那已经失去了的传统价值和意义，另一方面则猛烈批判资本主义时代的异化、物化；最后才是人们所熟悉的总体性辩证法。《小说理论》中的总体性概念则比较单纯，主要是指一种乌托邦理想，同时也隐约有些社会历史的本体建构过程的意味，这实际是他透过齐美尔这个棱镜观测马克思得到的一个结果。

一切都向着完美成熟，通过达到它自身的方式服从于责任（Bindung）。只有在一切在它被形式吸纳之前就已变得同质的地方；只有在形式不是一种强制，而是向着意识的转化、是（作为模糊的渴望沉睡在等待被赋形的事物最深处的）一切事物来到表面的地方；只有在知识就是美德、美德就是幸福的地方；只有在美就是可见世界的意义的地方，存在的总体性才是可能的。

  这就是希腊哲学的世界，但是，只有当实体已经开始变得苍白的时候，这种思想才会产生。如果说因为形而上学已经先在地占据了一切美学的领域，就没有希腊美学这回事，那么究竟而言，希腊的历史和历史哲学之间也就没有实在的区别了：希腊人走遍了历史中所有那些以先验的方式对应着宏大形式的过站；他们的艺术史是一种兼具形而上学和发生学特色的美学，他们的文化发展是一部历史哲学。在这个进程中，实体已从荷马的绝对的生活内在性，嬗变为柏拉图式的虽然绝对的，然而却是可把握（greifbar）、可利用（ergreifbar）的先验；这些过站彼此区分鲜明，相隔遥远（希腊文明没有"过渡"之说！），过程中不同阶段的意义像是用永恒的象形文字符号被记录了下来——这些过站是世界赋形过程的伟大的永恒的典范形式：史诗、悲剧和哲学。史诗的世界要回答的是这样的问题：生活如何变得真实有意义（wesenhaft）？但是，只有当实体被远方吸引走，回答才能成熟为一个问题。只有当悲剧为"本质如何变得生动活跃"这个问题提供了创造性回答之时，人们才意识到，如其所是的生活（每一种所谓的"应当"都取消了生活）已经失去了本质的内在性。在生成着的命运中，在自我创造中发现自己的英雄那里，纯本质的生命复苏回来，面对本质的唯一真实存在，纯粹的生活沉沦为了非存在；超越生活的高度已经达到了，在这个高度上遍布繁花似锦的葱茏生命，寻常生活甚至不再能够成为它的对反。这一本质的存在，并非源自一种需要或一个问题；帕拉斯的诞生是希腊形式出现的原型。① 就像本质的实在，正当它在生活中释放自己（sich ins Leben entladen）并产生生活的时候，也就暴露了它的纯粹生活内在性的损失，于是，悲剧的这个成问题的基础就在哲学中变得清晰可见，且成为一个实际的问题了：只有当完全远离生活的本质变成绝对的唯一的先验的现实之时，当哲学的塑造形象（gestaltend）的行为把悲剧命运暴露为个人经验的残酷的无意义的放荡恣意，把英雄的激情暴露为受到大地的束缚、其自我实现仅仅是作为偶然主体的限制性状（Beschränktheit）之时，悲剧对于存在提出的问题的回答才不再是天然自明的，而是像一个奇迹，一道修长纤柔但稳固地高悬于天（下面深不见底）的彩虹之桥。悲剧的英雄接替了荷马史诗中生命鲜活的人，精确地解读并神化了对方，其方式是：前者从后者手中接过了正要熄灭的火炬并将之重新点燃。柏拉图的新人（neue Mensch）是一位智者，一位有着能动的认知（handelnde Erkenntnis）和能创造本质直观能力的智者，不仅展示了悲剧英雄，而且照亮了英雄已征服了的黑暗的危险；柏拉图的新智者用超越英雄的办法，使之神化。但这个智者是最后一种人的类型，他的世界是希腊精神所赋予的最后的典范性的生活构态。对柏拉图的观点起规定作用和支持作用的问题虽然被澄清了，

---

① 在神话中，雅典娜（别名帕拉斯）身穿金甲、手持利斧，劈开自己的父亲宙斯的头颅而诞生。在这里，卢卡奇用这个神话似乎要说明的是人类已经无可逆转地从原始完整性中走出来了。

但并未结出新的果实；自此以后的世界已变得很希腊，然而，那种意义上的希腊精神却越来越非希腊化了；它创造了永恒的新问题（当然也有解决方式），只可惜最本己的希腊的理智思维的对象（τόπος νοητός）却永远沉没了。这个新到来的宿命意义上的精神口号在希腊人看来实际上是一种荒谬。

  对希腊人来说确实是一种荒谬！康德的星空如今只是更多地照耀着纯认识的黑夜，却不能照亮任何一位独行者脚下的路——因为在新世界里作为人的存在（Mensch-sein）就决定了：人是孤独的（einsam sein）。并且，内在的光只是为漫游者要迈出的下一步提供了安全的保证，或者只是安全的幻象。再没有光从里面射出照向事件的世界，照进心灵所陌生的被吞噬的世界（in ihre seelenfremde Verschlungenheit）。在主体自为地变成现象、变成客体的时候；假如最深处也是最本己的本质特性对他而言只不过是那方"应然"的想象中的天幕上一个从未遏止的要求迎面呈现；假如这种最深处的特性必须从深藏在主体内心之深不可测的深渊中出现；假如只有从地下最深处向上升起才是他的本质的特性，并且没人能踏上其底土，甚至看一眼都不可能，谁能知道行动之于主体——唯一剩下来的指路人——的根本本质的恰当性是否真正触及了本质？艺术，按照我们的标准而创造出来的世界的幻想中的实在，因此而独立了：它不再是一个摹本，因为所有的范本都已消失了；它是一个创造出来的总体性，因为形而上领域里的自然统一已被永久地摧毁了。

  我们的目的并不是要提出跟先验地点的结构转变有关的历史哲学，而且那么做也是办不到的。转变的原因能否在我们继续前行的旅途（不管是向上还是向下）中被发现，或希腊的众神是否已被其他力量驱散，这里不是合适的讨论之处。我们既不想——不管有多么近似地——画出那通向我们自己的现实世界的路，也不想描绘那虽然其故土希腊已经消亡但仍旧充满诱惑力的力量，在希腊世界里，恶魔（Lucifer）那令人目眩的万丈光焰使人一再忘记他们的世界无以修复的裂痕，并诱使他们梦想新的统一，但这种统一与世界的新本质背道而驰因而注定要走向末路。于是，教堂成了新的城邦（polis）；从失落在无可救赎的罪孽里的心灵和它的某种荒谬救赎之间的矛盾联系中，便产生了照射进世俗现实、几乎是柏拉图式的天光；那一跃成了世俗和天国等级（Hierachien）之间的一座梯子。①在乔托②、但丁（Dante）、沃尔夫拉姆·封·埃申巴赫③、皮萨诺④、圣·托马斯⑤和圣·弗兰西斯⑥那里，世界又一次变得圆整、通透，变成了总体性，深渊失去了它的实际深度所内在具有的威胁；它的全部黑暗，成了纯粹的表面，毫不费力地融合进了一个封闭的色彩统一体，而它并未丧失发出黑色光明（schwarzleuchtend）

---

① 按照克尔凯郭尔的生存境界说，我们从审美境界中经伦理境界，最终凭借一跃而进入宗教境界。
② 乔托（Giotto di Bondone，约 1267—1337）是 14 世纪意大利画家，600 多年来一直被誉为"意大利第一位艺术大师"。
③ 沃尔夫拉姆·封·埃申巴赫（Wolfram von Eschenbach，约 1170—1220）是 12 世纪末、13 世纪初的德国诗人，代表作是史诗《帕尔齐法尔》，他与哈特曼·封·奥厄和戈特夫里德·封·斯特拉斯堡一起被称为"伟大的中古高地德语叙事诗人"。
④ 皮萨诺（Giovanni Pisano，约 1250—1314）是 14 世纪最重要的意大利雕刻家之一。
⑤ 圣·托马斯（St. Thomas Aquinas，约 1225—1274）是欧洲中世纪经院派哲学家和神学家。
⑥ 圣·弗兰西斯（St. Francis de Sales，1567—1622）是法兰西天主教教士，日内瓦主教，圣母往见会创立者之一，1877 年被授予教义师称号，是享有此誉的第一位法兰西作家。

的力量；吁求救赎的呐喊，变成了这个世界完美节奏体系里的不和谐音，因而提供了一个新的均势，其色彩和完美性与希腊人的均势——一种共同的不充分的异类张力的均势——相比毫不逊色。这个被救赎世界虽然不可理解而且永远无法企及，却被拉近了：它就位于那个看得见的远方。最后的判决成了一种当前的实在、一种被认为已建立起来的和谐一致的领域里的成分；当它把世界变成菲罗克忒忒斯（Philoctetus）①的一个伤口、一个只有圣灵才能治愈的伤口的时候，它的真实的本质性就被忘却了。一个新的矛盾的希腊诞生了，美学又一次变成了形而上学。②

第一次，也是最后一次。这种统一分解之后，就不会再有自发的存在的总体性了。能冲垮旧的统一的洪水之源已经枯竭；但是，失去希望的干涸的河床，却将世界的面貌永久地撕扯出一道道裂纹。因此，把希望寄托于希腊世界的复活或多或少是一种使美学成为单纯的形而上学的意识假设；这是一种对艺术领域之外的一切事物的本质性的强暴，是一种破坏它的企图，是要忘记艺术只是诸多领域中的一种的一个企图，是忘记世界的分裂和世界的不充分性正是艺术生存和它得以自觉的前提条件的一个企图。对艺术实体性的这种夸大使它的形式增加负担，而且承载太重：它们不得不从它们

---

① 希腊传说中在特洛伊战争后期起了决定性作用的一位英雄。希腊英雄赫拉克勒斯临死前把自己的弓箭传给了菲罗克忒忒斯，助其成长为一名著名的弓箭手。在去特洛伊的路上，他被蛇咬伤，在希腊战士奥德修斯和俄墨德斯的劝说下，重返特洛伊，治好咬伤，射死帕里斯，为攻陷特洛伊铺平了道路。
② 黑格尔将史诗发展的历史分为三个阶段：东方史诗、希腊罗马古典型史诗、浪漫型史诗，其中第三阶段的史诗又包括古史诗的遗迹、中世纪基督教史诗、文艺复兴后吸收古代文化而创作的史诗三种类型。在这里，卢卡奇是接着黑格尔的论述往下，阐明浪漫型史诗与希腊罗马古典型史诗的本质差别。

自身产生出所有以前很容易接受的事实（Gegebenheit）；换言之，在它们原本先验的影响力开始之前，它们就必须单凭自己的力量创造出该影响力的先决条件——客体对象（Gegenstand）和它的周边环境。一种可以被简单接受的总体性不再被赋予艺术的形式：因此，它们必须或者将任何待赋形之物进行压缩（verengen）、发散，这样它们就可以承担这赋形之物，或者它们只能通过剩下唯一可能的方式，即论辩地阐明它们必要的客体对象的非现实性，以及其唯一对象的内部虚无性。在此情况下它们把世界结构的碎片化本质带进了形式的世界。

二　形式的历史哲学问题

　　先验定向点上的这样一个变化，其结果就是使艺术形式从属于一种历史哲学的辩证法；但是，这种辩证法却因各种形式的体裁的先验家园（Heimat）而有所不同。这种变化影响到的很有可能只是客体和这种赋形的种种条件，而那最终关涉其先验的存在权利的形式却不会被触及；可如果真的是这样的话，那么，发生的就只能是纯粹形式上的变化，这些变化虽然会在每个技术环节上都与赋形的原始准则分道扬镳，却不可能真的推翻它。不过，有的时候，这种变化却发生在那决定一切的体裁的风格化原则（*principium stilisationis*）中，于是，各种不同的艺术形式就必须因为历史哲学的原因而符合同样的艺术意图。这并不是一个创造体裁的观念（Gesinnung）变化问题；正相反，当欧里庇德斯（Euripides）的非悲剧戏剧在成问题的英雄及其命运中产生出来时，希腊历史上的这些艺术形式就在人们的注视中出现了。在主体的先验需求、驱动他创作的形而上学之痛和预先稳定化的永恒形式地点（完成了的文学样式在此地点出现）之间，存在着一种完全对应。这里所说的创作体裁的原则丝毫没有要求观念的变化；相反，同样的观念被迫指向一个与原来截然不同的全新目标。这意味着：存在于赋形主体的先验结构与存在于外在世界被创造的形式之间的旧有的平行关系被破坏了，因此，赋形的最后基础便无家可归了。①

德国的浪漫派虽然没有彻底澄清其小说概念，却在这种小说概念和浪漫概念之间建立了紧密的联系，理所当然地，小说形式不同于任何其他事物，它是先验的无家可归的表达。对希腊人来说，他们的历史和历史哲学的叠合产生了如下结果：只有当精神日晷上的时间刻度指示时间已到的时候，一种艺术体裁才得以诞生；而当它们原始图像（Urbilder）从地平线上消失的时候，它们必须退场的时刻也就来临了。这种哲学周期在希腊以后的时代里消失了。艺术体裁以一种难以解开的复杂性（Verschlungenheit）在此绞缠在一起，成为对一种不再清晰明朗的既定目标进行或真或假的探索的标志；它们的总和只是经验的历史总体性，在那里，我们可以寻觅（或者还能发现）各种个体形式可能产生的经验条件或社会学条件，但在那里，历史哲学的周期意义不再集中于符号化的体裁，我们固然可以从特定历史时期的内部发现这种意义，但只有在诸历史时期构成的总体中才能破解出更多的秘密。然而，由于对先验相关性的最小的扰动都将使生活意义的内在性无可挽回地消失，从而使远离生活和背离生活的本质通过此方式以自己的存在给自己加冕；这个

---

① 在前文中，卢卡奇从生活意义的内在性与主人公的关系这一角度出发，强调了古希腊三种伟大的文学形式（史诗、悲剧和哲学）的内在差异，而现在，他则强调了这三种形式的共同的历史哲学基础：先验的意义结构与外在的经验的意义结构的和谐或平行关系。因为下文即将涉及许多与此具有形式相似性的文学形式（浪漫型史诗、现代悲剧、小说等），而它们之间的差异只有在历史哲学基础这一层面上方能得到阐明。

庄严的仪式若经受一次更猛烈的震荡,即使变得更加苍白,却绝不会随之飘落散尽(verflattern)。所以,尽管悲剧发生了变化,然而其精粹却依旧在我们的时代到了拯救,而史诗则必须退场,让位给一种崭新的形式即小说。①

我们的生活概念及其与本质的关系的彻底变化,很自然地改变了悲剧。生活意义的内在性以一种明确的灾难性的方式消失,把一个纯净的并不复杂的世界交付给了本质,这是一回事;内在性就像受到魔法作用那样缓缓地从宇宙被放逐了出去,则是另外一回事:期盼内在性能够重新出现的渴望依旧存在,却不能在确确实实的无望之中得到满足;我们等待着魔咒的解除,以为消失的只不过是粗笨混乱的现象;可是,如果本质不能够因此利用生活森林里的现有资源搭建起悲剧的舞台,或是在腐朽生活的死亡残余物中点起一把大火,以唤醒火焰的短暂存在,或是生硬粗暴地扭转背去,全然罔顾所有这些混乱,一味地在纯本质的抽象领域中寻找逃避,那么,内在稳固性就真的消失了。这就是本质与那种外在于戏剧领域的生活的关系,它使近代悲剧的二元化风格成为必然②,这对立的两极就是莎士比亚和阿尔费耶里③。希腊悲剧置身于超越了贴近生活或

---

① 在黑格尔看来,悲剧的本质就是伦理实体在其历史发展过程中两种善恶的冲突,冲突的结果是和解,也就是伦理实体在更高程度上的重新统一。而在《小说理论》中,卢卡奇则将这种使命或者说乌托邦希望寄托在了小说身上。
② 戏剧"是史诗的客观原则和抒情诗的主体性原则这二者的统一"。([德]黑格尔:《美学》第三卷下册,朱光潜译,商务印书馆1981年版,第241页。)
③ 阿尔费耶里(Vittorio Amedeo Alfieri,1749—1803)是18世纪的意大利悲剧诗人,以描写自由战士与暴君的斗争的悲剧创作见称,并由此促进了意大利民族精神的复兴。在这里,卢卡奇显然将他作为了与莎士比亚的客观原则相对立的抒情的主体性原则的代表人物。

抽象的困难处境之外，因为对它而言，丰富多彩（Fülle）并不是贴近生活的问题，对话的透明性也不意味着对它的直接性的否定。不管产生希腊歌队的原因是什么偶然的因素或必然的历史事件，它的艺术含义都是超越一切生活、通向勃勃生机和丰富多彩的本质。①这样，歌队就可以像浮雕人物之间的大理石中楣一样，提供一个能够执行结束作用的功能背景，它充满动感，使自己寄身那并非源于抽象图式（Schema）的情节波动之中，并可以把这些都吸纳进自身，且在用自己的素材丰富了它们之后，又能把它们转化为戏剧。它可以使整部戏的抒情意义用阔大的词句响彻起来；它还能够在其自身中，把出于反亢生命理性（kreatürliche Vernunft）之需的低等的悲剧之声，和来自命运的高级的超级理性的高等的声音结合起来，而不至于引起自身内部的崩塌。希腊悲剧的口白者和歌队从同样的本质基础上腾空而起（entstiegen），它们彼此完全是同一的，因此能执行完全分离的功能而又不破坏作品的结构；对场面的抒情和对命运的抒情全都可以在合唱中汇总，在毫无遮挡的悲剧辩证法之中，能够表现一切的言辞和包容蕴涵一切的姿态（Gebärden）都

---

① 歌队在古希腊悲剧演出中发挥着非常重要的作用。在介绍剧情的"开场"之后，歌队唱着"进场歌"进场宣布戏剧正式开场；之后通常有三场戏（最多七场），与三支"合唱歌"彼此交织；在剧情紧张时，歌队会加入"抒情歌"和"哀歌"；在最后宁静的"退场"中，演员和歌队退场。在对话场中，歌队面向剧中人物、背向观众，观看表演。他们歌唱，跳舞，安慰剧中人物，对剧情发表感想，向观众解释剧情，代表诗歌发表政治见解和哲学思想；有时预先引起气氛，表示有恐怖事件即将发生，有时也参与剧中活动。亚里士多德认为："歌队应作为一个演员看待；它的活动应是整体的一部分。"（［古希腊］亚里士多德：《诗学》第十八章，罗念生译，人民文学出版社 1962 年版，第 64 页。）也就是希腊英雄个体所由之出，依之而存的集体（Gemeinschaft）化身的艺术。

被交付给了表演者；除了和缓的过渡之外，什么也不能将它们分开。对这两者来说，并不存在那种可能摧毁戏剧形式的、贴近生活的危险性，即使是最小的可能性也都不存在。所以，两者可以扩展成一种并非图式化的却又是先行标示出的丰富性。①

在近代戏剧中，生活并不是有机地消失的，它至多从戏剧中被驱逐出去。但是，古典主义者所作出的这种驱逐行动暗含了一种承认，不仅承认了被驱逐者的存在，也承认了被驱逐者的力量：被驱逐者现成地存在于每一个在自我高压之下战战兢兢的字句和姿态之中，争相恐后地跟生活保持尽可能遥远的距离以确保不被污染；尽管如此，生活还是在无形中反讽地引导着从抽象先验中产生的结构的那种露骨而刻意的严密性：使它显得收缩或含混（verengt oder verwirrt），精确或混淆不清，过分清晰或深奥难解（überdeutlich oder abstrus）。另一种悲剧在消耗着生活。它把英雄作为一个个活生生的人，从承载着生活重负的迷乱情节中超拔出来，安置到舞台上、安置在仅仅表面上活着的大众之中，然后逐渐将这命运照得灼亮通透；再用这把火将一切纯粹人性的东西都焚为灰烬，使之散落在生存于虚无中的纯粹人类的虚空生活之中，英雄式的悲怆情感像一道烈焰腾空而起，升华作悲剧的激情，它将把他们淬炼为英雄，褪尽人的残渣。在这样的方式下，英雄风范（Heldentum）就变得有一点挑战意味并问题重重：做一名英雄不再是本质领域的自自然

---

① 之所以古希腊悲剧的客观原则（说话者）和抒情的主体性原则（歌队）是和谐统一的，而在现代悲剧中它们却是二元对立的，原因即在于这是一个荒谬的世界，由于商品关系而成为世界性的个人本质上却是原子化的，在这个孤独的人群中，他们不再能够发现自我、价值和意义。

然的存在形式,而是一种提升自己超越普遍人性的行为,它不光要超越普通大众,还要超越自己的本能。有关生活和本质的等级问题,在希腊戏剧中是一种赋形的先验性,因此,当时它从未成为过塑造的对象,而现在它被卷入了悲剧进程本身;它把戏剧撕裂成完全不同的两半,这两个部分相互否定、相互排斥地联系在一起:扰乱着戏剧的基础,争议四起,让人费尽思量。被迫接受的基底的宽度,和英雄在找寻到自我之前在自己心灵内部所走过的道路的广度叠加在一起,与戏剧结构中形式所要求的纤巧发生了冲突,使之向史诗形式靠拢;而通过争议来强调英雄风范(Heldentums)——甚至在抽象的悲剧中——则必然会引起纯粹煽情的抒情诗歌的泛滥。

这种抒情诗歌另有渊源,它源于生活与本质的延迟的(verschoben)关系。对希腊人而言,作为意义的承担者,生活的沉沦把人们之间的密近性和亲缘关系转移到另一个领域中去了,但并没有使之灭失:这里出场的人物与造物主(Allerhalter)、与本质都保持着相同的距离,所以,他和每一个其他的人在最深的根基都是相通的;所有人都能相互理解,因为大家都说同样的语言,所有人都互相信赖,即使是死敌也不例外,因为所有的人都向着同样的中心、以同样的方式在奋进,所有人的运动都在相同的内在本质的存在高度上进行着。而在近代戏剧中,在本质与生活的等级对抗赛结束之后显现自己并得以保持自身的前提下,在每一个人物把这场对抗赛当作自己存在的条件或者自己存在的动力要素而铭记在心的前提下,每个戏剧人物(*dramatis personæ*)就必须将自己的生命之线绑定在命运上;在无可挽回的孤独中,在所有其他孤独者之中,每一个人都来自孤独,并向着最终悲惨的茕茕孑立的状态(Alleinsein)飞奔过去;于是,每一个悲伤的字句都令人费解地慢慢消失,没有什么悲剧行为能得到充分接受它的回应。这种孤独具有着荒谬的戏剧性:它是悲惨事件的究竟所在,在命运中自我生成的心灵会找到自己的星辰弟兄(Sternenbrüder),但是却找不到世俗的伙伴。然而,戏剧的表现形式——对话(Dialog)——却以这种孤独者的高度共在为首要前提,因为只有这样才会有多个声音,才是真正的对话和戏剧。绝对孤独的人的语言是抒情诗风格的、独白的,而在两人对话中,他的心灵则非常明显地使用了化名,他过多地负载了言语和反驳中的单义性和犀利的机锋,并漫溢了出来(überflutet)。这样的孤独比跟命运发生关联(希腊英雄就生存在这种关联中)的悲剧形式所要求的孤独更为深刻:孤独不得不成为它自己的问题,从而深化了也混淆了悲剧问题,并最终取而代之。这样的孤独不仅仅是在命运控制下酩酊大醉、独处的心灵的酒后放歌,它还是被对群居的强烈渴望摧残、注定要离群索居的人的痛苦。这样的孤独产生了新的悲剧问题,特别是新式悲剧的真正问题——信任(Vertrauen)。现代主人公的心灵披着生活的外衣,为本质所填充,却永远不能理解的是:同样的本真性(Wesenhaftigkeit)不能寄居在同样生活的外壳之下。它知道所有这些人的相似性:他们虽然找回了自己,但不能理解,他们的所知并非出自这个世界,也不能理解,这知识的内在的怀疑自由(Zweifelsfreiheit)并不是这种生活的根本保证;它拥有关于自身理念的知识,这理念鼓舞着它,在它的内部焕发勃勃生机,因此,它必须相信,包围着它的人性的熙攘人群只不过是狂欢节上喧嚣的闹剧而已,在这场闹剧中,本质的话音甫一落地,面具就自行脱落,彼此陌生的弟兄们将会拥抱在一起。它明白这一点,并为此而寻觅,但只在命运中发现了自己。如果说希腊悲剧的道路是一条充满怨抑的哀歌体的道路,悲伤中间发现了自我的狂喜,那么,现代悲剧又是一条什么样的道路呢?是对生活的失望,因为虽然它对生活的信仰也曾给过它在黑暗中独行的力量,然而它的命运智慧所宣称洞见的事物连一幅漫画也算不上。这孤独不仅富有戏剧性,还有一定的心理学意义,因为它不仅仅是一切戏剧人物的先验感受,同时还是成长为英雄的凡人的经历;但是,如果戏剧里的心理学不经任何加工就直接成为素材,那么,它就只能作为心灵的抒情诗来表达自己。

宏大叙事诗(große Epik)① 的写作塑造了生活的外延总体性(extensive Totalität),而戏剧则塑造了本质的内涵总体性(intensive Totalität)。所以,当本质丧失了自发圆融的、以感性形式现身的总体性的时候,戏剧却能在它的形式先验(Formapriorität)的本质中,发现一个也许是成问题的,然而能包容一切且自身为器具足的世界。可这对于宏大的史诗来说却是不可能的。对于史诗而言,处于任何给定时间、环境下的世界都是一种终极法则,在它决定性的、裁决一切的先验基础上,这种环境都是经验的;有时它能加速生活,能将隐藏的、渐渐枯萎的事物引向一个对它而言是内在固有的乌托邦式的结局,但是,它无法从形式本身出发去征服由历史所决定的生活的广度和深度、圆融度

---

① "Epik"意即叙事诗或叙事文学,在本文中作为口述史诗、书面史诗和小说的总和。"Epopöe"在德语文学传统中专指"史诗"文体。因此,我们将本书中出现的"Epik"译为叙事诗、叙事文学或史诗,"Epcpöe"直译为史诗。

（Abgrundung）和感性化程度（Versinnlichung）、丰富性和秩序性。任何一个地道的乌托邦史诗的尝试都必然会失败，因为它必然会在主观上和客观上超越经验，成为抒情性和戏剧性。不过，对于史诗来说，这样的超越并非总是能够结出硕果。曾经或许有过这样的时期，个别传说保存了这个失落了的世界的某些断片，在那时，这一切曾真实地出现在预言未来的异像（visionärer）之前，而在今天看来只不过是乌托邦的实现；那时的史诗诗人为了把超越的实在表现为唯一的存在，并不需要抛弃经验，但他们却是事件的简单叙述者，就像把自己的祖先描画为身插双翅的原始生物（Urwesen）的亚述岩画作者一样——理所当然地、毫不怀疑地认为自己是自然主义者。可是，早在荷马时代，超越的存在就已经和世俗的定在（Dasein）[①] 水乳交融地交织在一起了，因为荷马没有保留地实现了这种内在固有化，所以，他是不可模仿的。

定在和现状如此的存在（Sosein）之间无以破坏的结合，如同史诗和戏剧之间的至关紧要的界限一样，是作为生活对象的史诗的必然结果。对本质的理解通过其简单的放置而导致一种超越，在这种超越中，它具象化为一种新的、更高的、通过自己的形式表达的应然（Sollenden）的存在，因为这个存在在形式生成的现实（in seiner formgeborenen Realität）中，所以它对纯粹实存的被给定的内容保持了一种独立性。另一方面，生活概念将那种作为一个对象性（Gegenständlichkeit）而被捕捉到的、凝结起来的超越排除了出

[①] "Dasein"一词在汉译黑格尔著作中译作"定在"，而在海德格尔著作中则译作"此在"。鉴于卢卡奇此时正处于从新康德主义向新黑格尔主义的过渡过程中，我们建议将这个词译作"定在"，虽然其具体含义与海德格尔的理解确有相同之处。

去。本质的世界因形式的力量而紧张地高层于定在之上，它们的特性和内容都由那种力量的内在可能性所决定。生活世界在这里保持不变，形式只是接受并塑造了这些世界，只把它们带到了它们生来就有（eingeboren）的意义之上。于是，这些形式就能在产生思想的时候扮演苏格拉底（Sokrates）的角色，却永远不能凭借自己的力量运用魔力将事物幻化成尚未存在于其中的生活。戏剧塑造的人物（这只不过是对同样关系的另一种表达）是可理解的（intelligible）"自我"，史诗创造的人物则是经验的"自我"。"应然"——在"应然"的令人绝望的内向张力中，本质找到了避难所，因为它已经成为地球上的法外之地——能够在可理解的"自我"之中将自身客观化为英雄的标准心理。但是，在经验的"自我"那里，它仍旧是"应然"。这种"应然"的力量是一种纯粹的心理力量，它和那个心灵的其他要素非常相像；它所追寻的目标是经验的，一如由人们或他们的境遇所可能不有的其他追求；它的内容是历史的，就像其他时间进程中所产生的内容那样，这些内容和它们所赖以生长的土地是密不可分的：它们可能会枯萎，但是永不能觉醒为一种新的、天国的定在。应然毁灭生活，戏剧主人公之所以佩戴上明白显见的生活现象的标志性表征（symobische Attributen），是为了能够以明白显见的方式举行死亡的象征仪式，来使存在着的超越变得可见；史诗中的人们必须活着，否则便破坏或穷竭了承载他们、环抱着他们并充满着他们的那个要素。（这种应然毁灭生活，每个概念都表达了它的对象的应然性：所以，思考并不能获得真实的生活定义，这或许正是悲剧较之史诗更加契合艺术哲学的原因所在。）这种应然毁灭生活，而每一个从应然的存在中塑造出的史诗主人公便会成为活在历史现实中的人的阴影；不过他的阴影并非他的原像（Urbild），作为经历与冒险交付给他的世界只是事实上的一个稀释了的摹本（Abguß），而绝不是世界的核心和本质。史诗中的乌托邦风格只会产生距离，但是这些距离都存在于经验与经验之间，这样，由此而生成的忧伤和庄严（Höhe）连同那距离就调谐成了一种修辞的声音，它们一起虽然能够结出哀歌式抒情诗的最华美的硕果，但是从单纯的距离设置活动中，超越存在的内容并不能被唤起生命，也不能转化成任意专断的实在。不管这距离为生活指出的方向是向前还是向后、向上还是向下，它从来都不是新现实的创造，而只不过是对现存之物的主观返照。维吉尔（Vergil）笔下的英雄们体现出一种冷峻的、稳重的阴影定在（Schattendasein），它被一种壮丽的激情的热血滋养，这种激情牺牲自己为的是再度唤回已经永远失去的东西；面对一个复杂然而又是一览无余的、自以为可以彻底了解他那个时代生活的全体的社会学分类体系，左拉式的庄严雄浑（Monumentalität）就只是一种单调的震撼力。①

宏大的史诗文学是存在的，可戏剧非但不要求这样的特质，而且还总是在抗拒它。戏剧的圆周宇宙充满了它自身的实体性，它看不出整体和片段的对比、事件和征兆的对立；对于戏剧来说，宇宙之为宇宙就是存在，就是对本质的把握和对总体性的拥有。但生活概念并没有假定生活总体性的必要性；它包含了每一生命个体对于任何超越性的约束的相对独立性，而这种约束的不可避免性和不可

---

① 在文学观念上，青年卢卡奇反对左拉的自然主义而亲近于勒·勒梅特尔的印象主义。

或缺性都是相对的。所以，有这样一些史诗形式，其对象不是生活的总体而是生活的一个片段，一个能够独立生活的定在片段。所以，总体性的概念对于史诗——如同在戏剧中一样——不是先验的，它不是产自于赋形的形式本身，而是经验主义的和形而上学的概念，它在其内部把超越性（Transzendenz）和内在性不可分割地结合了起来。在史诗中，主体和客体并不像它们在戏剧中那样相互一致，从作品的角度来看，在戏剧里，赋形的主体性只是一个界限概念（Grenzbegriff），一种意识而已，而且在史诗中，主体和客体自足地存在，毫不含糊地相互区别；既然经验的赋形主体来自一个试图获得形式的客体的经验本质（Empirität），那么，这个主体就不能是所表现的世界的总体性的基础和保障。在史诗中总体性只能在客体的内容中真实地展示自己：它是元主体的和超越的，它是一个启示（Offenbarung）和一个恩遇（Gnade）。史诗的主体都是生活中的经验的人，但是，在宏大的史诗中，他创造性的、驾驭生活的高傲在璀璨夺目的意义面前转化为一种谦卑、一种静观（Schauen）、一种无言的惊愕，可令人感到如此意外的是，生存在普通生活中的普通人居然也如此自然地看见生命中的这种意义了。

在比较次要的叙事诗形式（kleineren epischen Formen）中，主体以一种更占优势的、更为独断的方式与客体对峙。叙事者可以（而我们则不能，甚至都无法隐隐约约地想象去建立一种史诗形式体系）采取编年史家冷静而居高临下的姿态，观看那些拨弄人的命运的奇巧事件的微妙发生，对于那些当事人来说，这种奇巧事件是无意义的和毁灭性的，但对于我们旁观者来说，则是启示性的，轻松有趣且杂乱无章；他可以把世界的一个小角落看作生活之无边无际、混乱无序的荒漠上的一个秩序井然、花团锦簇的花园，它被他的幻想驱使并被提升到唯一实在的地位上；他还可以被某人之奇特而意义深远的世间经历感染而被打动，从而把它们浇铸在一个牢固的客体化命运的模具之中；他的主体性从生活事件之无以衡量的无限性中夺取一个碎片，赋予其以独立的生活，而那碎片所来自的整体，则仅仅作为被塑造人物（Gestalten）的所思所感、仅仅作为对破碎的因果链不自觉的接续、仅仅作为对自为存在着的实在的映现，照射进作品的世界。这种史诗形式的圆整性（Abgrundung）是主体性的：诗人把生活的一个片段移植进了起突出强调作用的、被全体生活衬托的境遇之中；这种选择、这种划界将其源自主体意志和认知的烙印打在了作品上面：它们或多或少就是抒情性质的。如果创作的作品主体有意识地把一种内在固有的、光芒四射的意义安排进此生命片段的遗世独立的定在中，并且清晰地呈现出来，那种自主的相关性和一切生命体的共同结合（Allgebundenheit），以及它们（有机自足地）同样活跃的结合是可以被扬弃和升华为形式的。主体的赋形行为、塑造行为、划界行为，即他对创造对象所拥有的至高无上的权威，就是这些没有总体性的史诗形式的抒情诗。这种抒情性在这里便是史诗的最后统一；它并不意味着一个孤独的自我沉迷在他脱离对象的冥思之中，也不意味着客体消解在主体的感觉和情绪之中，而是源自规范（normgeboren）、创造形式，承载着一切被赋形者的存在；这种抒情诗的直接的、流动着的冲击力量随着被选取生活片段的意义及其重要性而增强；作品的平衡也就是起主导作用的主体与他所拣选和提升（emporgehobenen）的对象之间的平衡。在中篇小说（Novelle）中，在生活被隔绝的不可思议性和不可测度性的形式中,抒情诗不得不将自己全然隐藏在孤立事件之厚重的线条背后;在这里,抒情诗仍旧是个别化的纯粹的精雕细琢的故事;那种既能带来欢乐也能带来毁灭、毫无根据地发生坍塌的偶然事件在这里明目张胆地恣肆纵横,仅仅能够通过对其清晰的、不经评判的、纯客观描写得到某种平衡。中篇小说是最纯粹的艺术形式;它把所有艺术创造的终极意义表达为情绪和赋形过程中的内容意义,并因此抽象地言说出来。在这没有遮掩、不经粉饰的裸露中,它让人看到了无意义,这个无所畏惧和没有希望的目光的驱逐力量给它举行了形式的神圣仪礼——无意义作为无意义而被形象化;它则因为被形式确认、扬弃、救赎而变成永恒。中篇小说和抒情史诗的形式之间有一个跳跃。只要被形式升华为意义的事件在内容上是有意义的,哪怕只是相对的意义,那么,陷入沉默的主体必然会努力寻找自己的词句,以便在赋形事件的相对意义上,架起一座通往绝对的桥梁。在田园牧歌中,这种抒情诗几乎完全与对人和事物的轮廓描绘融合在了一起;正是这种抒情诗给这些轮廓赋予了一种平和的隐居式的柔和(das Weiche)与通透(das Luftige),也赋予了一种与外界的狂风暴雨完全隔绝的状态。只有在田园牧歌超越成为史诗的地方,例如在歌德和黑贝尔①的《大田园诗》(große Idyllen)中,生活的总体连同它的所有危险虽然因为遥远的距离而有所压抑和弱化,但还是进入了被描写的事件之

---

① 黑贝尔(Friedrich Hebbel,1813—1863)是德国戏剧家,以悲剧理论见长。曾根据《圣经后典》中的有关内容创作戏剧《犹滴》,青年卢卡奇对此曾多有论述,具体可参见[日]初见基《卢卡奇——物象化》,范景武译,陈应年校,河北教育出版社 2001 年版。

中——作者自己的声音才必须响起，他的手才必须创造出有教益的距离：其目的就是确保他的英雄们得胜的快乐不至于矮化为一些人的无尊严的自我满足，这些人不能战胜迫近的种种不幸而是胆怯地从特意为他们排除的不幸抽身逃离；另外一个目的则是确保种种危险和发生这些危险的生活总体性不会发生动摇而变成一个苍白的幻影，从而将获救的欢腾矮化为琐碎的滑稽戏。这种抒情诗发展成了一种清澈的、宽广地流淌着的、言尽一切的信息传递，在那里，事件在它的叙事性客观化的对象性中变成了一种无尽感情的承载者和象征；在那里，一颗心灵就是一个主人公，心灵的渴望则就是情节——有一次，在说到夏尔-路易·菲利普①时，我把这叫作"chantefable"②的形式；在那里，客体、被赋形的事件保有着，以及它应当保有某种单个形态，但是，当吸收事件并把它辐射出去的经历体验在自己内部也包含全部生活的最后意义的时候，诗人产生意义的、为生活所抑制的力量就被记录下来了。这种力量同样也是抒情的：诗人的个性、这个个性以有意识的自律彰显出他自己对世界意义——对事件的掌握程度犹如操作一件乐器——的理解，但他并不把它们当作意义的秘密言语而去倾听；这里被赋形的并不是生活的总体性，而是诗人和那种总体性的关系，即他对那种总体性的评判或非难的态度；在这里，诗人作为一个经验主体进入了艺术创作的舞台，尽管他全力以赴，

---

① 夏尔-路易·菲利普（Charles-Louis Philippe，1874—1909）是法国小说家，其小说以对穷人悲惨生活的描述、对遭社会遗弃的人们的同情而见称。在《心灵与形式》中，卢卡奇以《渴望与形式》为题评论过此人。
② 中世纪一种半韵文半散文的作品。

但也还是摆脱不了和种生物的局限性。

形成存在的唯一统治者的主体即使通过它所造成的客体的消灭，也不能将生活的总体性——根据其概念是一个外延的总体性——从其自身内部排除出去；不管主体在多高的位置上凌驾于客体，并把它们纳入它的绝对统治之下，它们仍旧并且永远不过是众多客体的总和，而不是真正的总体。这样一个庄严幽默的主体依然是一个经验的主体，而且它的构态只是采用了对其客体的一种态度，归根结底，这和客体和它自身在本质上还是相同类型的；主体在经他区分并选择的世界片段周围画了一个圈，这个圈仅仅规定了主体的界限，而并没有规定其内部完整的整个宇宙的界限。幽默家的心灵渴望一个比生活所能给他提供的实体性更为真实的实体性；于是，他打碎了碎裂的生活总体性的所有形式和界限，为的就是达到生活的唯一的真实源泉，达到那个纯净的、君临天下的自我。但是，随着客体世界的崩溃，主体也成了一个断片；只有自我还存在着，但是，它的存在已经在它自己创造的废墟世界里的非实体性中失落了。这样的主体性想给一切赋形，而且正是由于这个原因，它只能返照出世界的一个片段。

这就是宏大叙事诗的主体性的悖论，所谓"将欲取之，必先舍之"：创作的主体性变得富有抒情性，单纯接纳的主体性，谦恭地把自己转化为一个纯粹的接纳世界的器官，享受着恩典；享受着整体的显现。这就是但丁从《新生》(*Vita nuova*)① 到《神曲》

---

① 《新生》是但丁1293年发表的一部诗作，内容是1283—1291年间他所写的、用散文连成一体的抒情诗31首，描述了他早年对贝雅特里齐的爱情。

（*Divina comedia*）之间所完成的一跃，歌德从《维特》（*Werther*）到《威廉·迈斯特》（*Wilhelm Meister*）之间完成的一跃，也就是塞万提斯（Cervantes）自己一言不发，而让《堂吉诃德》的世界幽默举世皆知的时候所完成的一跃，与此相对照的是，斯特恩①和让·保尔②的庄严嘹亮的声音所反映的只不过是一个世界片段，这世界仅仅是主体性的，因此是有限的、狭隘的和随意的。这并非一个价值判断，而是一个先天的类属定义：生活的总体性不允许其内部拥有先验的中心点，而且拒绝它的任何一个细胞拥有支配它的权力。只有当一个主体远离了所有生活，也远离了与生活相伴而至的经验，庄严地高坐在本质的纯粹高度上的时候，当它仅仅是先验综合的载体的时候，它才可以在它自己的结构中包含总体性的所有必要条件，并把它自己的界限转变成世界的界限。但是，这样的主体是不可能出现在史诗中的：因为史诗是生活，是内在性、经验性的事物。就此而论，但丁的《天堂篇》（*Paradiso*）要比莎士比亚葱茏的丰富性更贴近生活的本质。

  本质领域的综合力量更进一步地进入到戏剧问题所构建的总体性中去了：出自必然的问题，无论它是事件还是心灵，都通过它与中心的关系而获得了自己的定在；这种统一的内在的辩证法，将根据它与中心的距离和它对问题的重要性而赋予每一个个别现象以同

---

① 斯特恩（Laurence Sterne，1713—1768）是英国幽默小说家、圣公会教士，代表作有《项狄传》和《感伤旅行》。在《心灵与形式》中，卢卡奇对他也有所评论，论文题目是《丰富、混乱和形式》。

② 让·保尔（Jean Paul，1763—1825）是德国小说家，原名约翰·保尔·弗里德里希·里希特尔，其作品在 19 世纪 20 年代广为流传，他本人则深受英国小说家劳伦斯·斯特恩的影响。

它们相适宜的本质。这里的问题是难以表述的,因为它是整体的具体理念,因为只有一切声音的协和才能够托举起隐藏于其中的内容丰富性。对于生活来说,问题是一种抽象(Abstraktion);一个人物与一个问题的关系绝不能吸收尽此人物全部的生活丰富性,生活领域的每一个事件只能以寓言的形式跟问题发生关系。在黑贝尔言之凿凿地称之为"戏剧性"(dramatisch)的《亲合力》(*Wahlverwandtschaften*)中,歌德高妙的艺术能够斟酌权衡涉及中心问题的所有方面,但是,这些心灵即使从一开始就被指引进了问题的狭窄的通道,可还是不能尽情舒展,到达真正的定在;即使是依据问题而压缩的情节(engbeschnittende Handlung),也还是不能圆整地成为一个整体;即使为填充这个狭小世界脆弱的外壳,作者也被迫引进了外来的元素,即使他在全书中如同他在谋篇布局的极端节奏的个别时刻一样,处处取得了成功,其结果仍旧不是一个总体性。同样地,《尼贝龙根之歌》(*Nibelungenlied*)的"戏剧性"的浓缩,只是黑贝尔自顾自生成的一个美丽错误:一个大诗人在一个变化了的世界里,心怀绝望地努力拯救一个真正的史诗素材下的史诗统一性。① 布伦希尔德(Brunhilds)的超人形象在这里被矮化成了女人和瓦尔基里(Walküre)② 的混合,可怜的求婚者巩特尔(Gunther)被贬低为虚弱而可疑的对象,只有稀有的神话主题在恶龙杀手西格弗里德

---

① 黑格尔曾说:"如果今天还有人想根据这种传说事迹去创作一部有民族意义的作品或经典,那简直是一种最荒谬的幻想了。"([德]黑格尔:《美学》第三卷下册,朱光潜译,商务印书馆1981年版,第124页。)卢卡奇接着黑格尔的这一判断往下说,认为事实上在希腊罗马时代之后,任何史诗都注定只能是不完备的了。
② 北欧神话中奥丁神的婢女之一。

（Siegfried）的骑士形象中得以保存了下来。关于忠诚和复仇的问题，也就是哈根（Hagen）和克里姆希尔德（Kriemhild）的故事拯救了这部作品。但是，这是一个令人绝望的、纯艺术的尝试：试图通过布局的手段、通过建构和组织打造出一个统一体，一个不再能够自然生长出来的统一体。这既是一种令人绝望的尝试，也是一种英雄般的失败。因为统一体肯定还可以被恢复，但不能复原为一个真正的整体。在没有开头也没有结局的《伊利亚特》（*Ilias*）的故事中，一个完满的宇宙已在包容一切的生活中兴旺地生长出来。而在其精致布局的表面下，《尼贝龙根之歌》结构明晰的创作却隐藏了生活和没落（Verwesung）、城堡和废墟。

三　史诗和小说

　　史诗和小说，是宏大叙事诗的两种客体化形式，它们的差异并不是由作者创作信念的差异，而是由作者创作时所面临的历史哲学的现实处境所决定的。小说是这样一个时代的史诗，在这个时代里，生活的外延总体性不再明了地既存，生活的内在性已经变成了一个问题，但这个时代依旧拥有总体性的信念。因此，如果人们希望在韵文和散文中去寻找作品那唯一的、起决定作用的、规定了其类属的标志，将无疑是肤浅的甚至是纯艺术的想当然。不管是对于史诗还是对于悲剧，韵文都不是一个终极要素，虽然它是一个在其中这两种形式的真正本质得到了最忠实、最本真的展现的深刻征兆。悲剧的韵文是犀利而无情的，它制造隔绝和距离。它将主人公包裹在自己所赋形的十分沉重的孤独之中，除去斗争关系和毁灭关系，它不允许他们之间有任何其他关系；它的抒情诗中响起对将要绝望和道路及其结局的迷离醉意（Rausch），深渊的无尽处散发着幽幽的光，本真性飘荡在深渊的上方，即使我们看见了这种本真性，悲剧人物之间纯粹心灵的、人性的相互认同（Einverständnis）也不能达成，尽管在散文中这一点有时是能做到的；绝望永不能化作挽歌，迷离醉意也不能变作对自己已经失去高度的渴望；心灵用心理学的空虚去探测它自己的深度的企图注定要失败，它也不能在自有深度的镜子里沾沾自喜地礼赞自己。席勒在致歌德的书信中大致是这样说的：戏剧韵文暴露出了悲剧虚构创造中的一切庸常琐碎（Trivialität），它兼具特有的犀利和肃穆，在此肃穆面前，仅仅具有生活样貌的东西（bloß Lebenhaftes），也就是说戏剧中的庸常琐碎，是不可能幸存的：如果艺术家的创造信念里存在这种庸常琐碎，语言和内容之间的力量对比就会因此力不胜任而扭曲变形。叙事诗的韵文也制造距离，但是生活领域里的距离意味着愉悦（Beseligung）和轻盈（Leichtigkeit），意味着解除了将事物和人不相称地绞缠到一起的捆绑，意味着解除了附着在生活之上，只有在零星的幸福瞬间才暂时地自行消散的浑浑噩噩、压抑；而叙事诗的韵文则是通过距离的设置将这样的瞬间转化为生活的水平高度。这种韵文的效果在此是截然相反的，恰恰是因为它紧随其后的结果是一样的，即消除庸常琐碎，更近于自己的本质。沉重在生活的领域（叙事诗）中是琐碎的，如同轻松在悲剧中是琐碎的一样。完全远离一切具有生活外观的东西不是对生活进行空洞的抽象，而是本质的生成，对此的对象性保证只能存在于原理生活的样态所包含的坚固性之中；只有当它们的存在超出与生活的所有比照，比每个向往充实的热望都更为完满、更为充实、更举足轻重的时候，我们才有理由说，悲剧的风格化已经成功地达到了；一切的轻浮抑或苍白（当然和庸俗的非生活化概念没有关系）显露了规范性的悲剧观念的缺席，无论其个别的发现在心理描述上是多微妙、在抒情上是多么用心，它所证明的都不过是作品的平庸无奇。

对于生活，沉重意味着现存意义的缺席，无意义的因果关系的纠缠没有开解的希望，意味着在离世俗太近、离天堂太远的贫瘠土地上生命渐渐枯萎，意味着必须坚持将自身从赤裸裸野蛮的质料性的枷锁中挣脱出来同时又无能为力，意味着对于生活最美好的内在力量而言，这是它所必须永远追寻的目标——按照形式的价值概念来说，就是超越平庸。依照先定和谐（prästabilierte Harmonie）叙事诗的韵文被分配了歌颂神圣定在的生活总体性的任务：诗歌创作之前，神话中与所有生活内容的拥抱过程已经把存在从一切琐碎的沉重之中清理出去了；在荷马史诗中，春天里只有含苞待放的花蕾。然而，韵文所能做的也就是轻柔地襄助花蕾的盛开，用自由的花环缠绕着被解开的所有绑绳。如果作者的行动目的就在于揭示被埋没的意义，如果他的主人公们必须冲破牢狱、在千难万险的斗争中获胜，或者在艰苦卓绝的长途漂泊中，摆脱俗世的沉重，回到梦想的自由家园，那么，要想在空谷中铺满鲜花地毯，要想把空谷改建为一条可以行走的道路，韵文的力量就不敷应用了。宏大叙事诗的轻松只是具体而内在的历史时刻的乌托邦，韵文向它所承载的所有事物施加的赋形性的疏离（formende Entrücktheit）必然会剥夺叙事诗的宏大总体性及其无主体性，然后把它变形为一首田园诗歌或一段抒情小曲。只有当向下牵引的绑缚被真正抛弃，宏大叙事诗的轻松才是一种价值和一股创造现实的力量。在获得奔放的想象力加持的美丽游戏中，或在奔向幸福之岛——在被庸俗捆绑的世界地图上无处寻觅的幸福之岛——的处心积虑的逃亡中，遗忘奴役是决然不能写出宏大的叙事诗的。在轻松不再现存的时代，韵文便从宏大的叙事诗中被驱逐出去了，要不然它就会在不经意中无意识地转变成抒情诗。只有散文能以同等的力度，兼收并蓄这种痛苦和这种殊荣、这场斗争和这顶王冠、这条道路和这部圣典；只有它不被羁绊的柔韧可塑性和它无节奏的连接（Bindung）才能够以同等力度，遭遇这种种羁绊和自由，遭遇这现存的沉重和斗争换取来的轻松——因其被发现的意义而内在地焕发光亮的世界的轻松。在塞万提斯的散文里，现实变成的诗歌的没落化作了宏大叙事诗里充满悲痛的轻松，而阿里奥斯托①的诗作之欢快舞动则仍然是纯粹的抒情游戏，这并非偶然；叙事诗诗人歌德把他的牧歌浇注进了韵文，但为了小说《威廉·迈斯特》的总体性选择了散文，这也绝不是偶然的。在拥有各种距离的世界里，每一段叙事的韵文都变成了抒情诗——《唐璜》（*Don Juan*）和《奥涅金》（*Onegin*）虽以韵文写就，却同属卓越的幽默大家——这是因为在韵文中，被隐藏的一切都显现出来了，但韵文的热情奔放却使距离裸露出来，受到嘲弄和践踏，而散文则以深思熟虑的步伐借助其逐渐逼近意义手段高明地跨越了距离，这距离赤裸裸地踩着步子，或者作为一个被遗忘的梦，带着嘲弄疏忽之间就在韵文中登场。

虽然但丁的韵文比荷马的韵文显得更抒情，但它其实并不是抒情诗；它不过是强化了民谣气质并将它统一成了史诗。生活意义的内在性当下地遍在于但丁的世界之中，然而却是在彼岸世界：这便是先验之物完美的内在固有性。普通生活世界的距离延伸到了它所不能克服的那一点，但是，在这个世界以外，每一个迷途的漫游者都找到了期

---

① 阿里奥斯托（Ludovico Ariosto，1474—1533）是 16 世纪意大利的重要诗人，其代表作《疯狂的罗兰》被公认为意大利文艺复兴时期的不朽巨著，无论在内容或形式上都达到了艺术性和精神境界的完美统一。

盼已久的家园；每个渐行渐弱的孤独之声都被一个聆听它的歌队所期待，被引向和谐，并因此成为和谐本身。充满距离的世界在焕发出玫瑰色光芒的天空下，开枝散叶地向着四方无序伸展，它在任何时刻都是清晰可见和不加伪装的。彼岸家园的每一个居民都来自此岸世界，每一个人都因不可抗拒的宿命而与这个家园相连；但是，只有当每一个人的路走到了尽头，他的路也因此变得富有意义的时候，他才辨认出这个此岸，才看出了它的脆弱和沉重；每一个人物形象都在为各自的命运歌唱，歌唱那使自己的命运归宿得以显现的孤立事件：这就是民谣。正像先验世界结构的总体性，是每一个个体命运被先行决定的、赋予意义的且包罗万象的先验性一样，对这座大厦及其结构和美丽不断增进的理解——让我们想想迷途的但丁的伟大经历吧——随着日益显豁的意义遮蔽了一切；但丁的洞察力将个体转变为整体的基石，民谣因此变成了史诗的歌唱。此岸世界的意义只有在彼岸世界才不再有距离，是清晰可见的、内在的。此岸世界的总体性要么是支离破碎的，要么是被热切期待的：沃尔夫拉姆·冯·埃申巴赫或哥特弗里特·冯·斯特拉斯堡①的诗章只不过是他们的小说的抒情性饰品，《尼贝龙根之歌》的民谣特征虽说可以用布局手段掩饰起来，但不能圆整到足以涵盖世界的总体性的地步。

史诗为从自身出发自足的生活总体性赋形，小说则以赋形的方式试图揭示并构建了隐藏着的生活总体性。客体的给定结构——对于诸如此类的事物的探索不过是从主体的角度表达了这样一种认

---

① 斯特拉斯堡（Gottfried von Strassburg，约 1165—1215）是德国中世纪伟大诗人之一，著有中古高地德语史诗《特里斯丹》，它是瓦格纳歌剧《特里斯丹和伊瑟》（1859）的灵感源泉。

识：全部的客观生活也好，它与主体的关系也罢，都不是天然和谐的——道出了赋形的观念；历史情状所负载的一切裂缝和沟壑都必须被放置到赋形的过程中去，而不能也不应该用布局的手段伪饰起来。因此，小说中决定形式的基本观念被客体化为小说主人公们的心理：他们是探寻者。探索的简单事实表明，不管是目标还是引向它们的道路都不能直接地被给予，或者说，假如它们以一种心理上的直接而确定的方式被赋予了，这就不是对真实的关联或伦理必然性认知的明证，而只是客体的世界或规范的世界无须对此作出对应的心理事实。换言之，这种"被给予"可以是犯罪或疯狂；把犯罪从被肯定的英雄风范区分开来，和把疯狂从支配生活的智慧区分开来的界限是浮动的、纯粹心理学的，虽然最终的结果会在无望的迷乱状态下，以一种非常可怕的清晰度跟日常现实区分开来。在这层意义上，史诗和悲剧既不知罪愆也不知疯狂。对于它们而言，日常生活中使用的概念称之为犯罪的东西，或者根本就不存在，或者无非就是象征性联结起来的、感性地发出闪光的亮点，在这个亮点上，心灵同其命运的关系，以及心灵同其形而上的思乡渴望的媒介的关系，都变得清晰可见了。史诗世界或者是一个纯粹的儿童世界，在这里，对根深蒂固、源远流长的规范的践踏必然招致报复，如此冤冤相报，没有尽头；或者它是一个完成了的神义论（Theodizee），在它看来，罪愆和惩罚在世界法庭的公正天平上都有着等值的分量。而在悲剧中，罪愆要么是一种虚无，要么就是一种象征；它或者是仅仅被技术合规定性要求和决定的行动要素，或者是本质这一头的形式的破裂，是心灵走进自己的小门入口。对于疯狂，史诗则一无所知，除非它是明白生成的超感性世界的通常人不可理解的语言；在非问题的悲剧里，疯狂可能是结尾处的一个象征性的表达，相当于躯体的死亡，或者是被自我本质之火所焚毁的心灵活着的死去。因为罪愆和疯狂是先验的无家可归的客观化，这种无家可归是社会关系中涉及人类秩序的行动的无家可归，是超个人的价值体系的应然秩序中心灵的无家可归。每一个形式都是对定在之根本不和谐的化解，这是一个荒谬被恢复到它正常的位置、呈现为承载者和意义的必要条件的世界。当荒谬在形式中达到顶峰，人类真实而深邃的吞进一脚踏空，或人类最终一事无成的可能性作为一个基本事实被吸纳进文学形式的时候，当自在的荒谬被解释和分解，因此必然被认可为就是那样存在着的、不可否弃的定在的时候，虽然这样一种形式内的几条河流会流入实现了的大海，但是，明确的目的消失了，总体生活无可改变地失去了方向，这两件事情必定成为一切人物和事件的构架基础和基本性的构成性先验要素。

在目的没有直接给定之处，心灵在生成人的过程中于人群中遭遇的作为自己行动的看台和基底的构成物，便在超人的、应有的必然性中失去了其明显根基；它们是简单的存在物，可能强大无比，也可能已经腐朽不堪，但其自身既不负有绝对的圣典，也不是心灵外溢的内部世界的天然容器。它们形成的习俗世界（die Welt der Konvention）是一个心灵只有从其最核心处才能抽取到万能力量的世界，是一个在一眼望不见尽头的多样性中无处不在的世界；尽管它在生成和存在中的严格法则对于认知主体而言显然都是非常明显的，但在一切合法性下，它既不将自己作为意义显现给探索目标的主体，也不将自己作为感性直观上直接表现出来的素材显现给行动的主体。它是第二自然（eine zweite Natur），如同第一自然（die erste Natur)① 一样，它只是作为被认知的、非感性的必然性的标识才起决定作用，因此，它的真实实质（Inbegriff）是无可理解的和无可识察的。但对于文学创作而言，只有实体存在着，也只有彼此最深入的同质的实体才能进入相互构成关系的战斗联盟中去。抒情诗会忽略第一自然的现象生成，并从其忽略的构成性力量中创造出一个实质性的主观性的变化多端的神话：在抒情诗中，只有自然和心灵富有意义的结合或它们充满意义的分离，以及心灵之必然的和被确认的孤独变得永恒的伟大瞬间才是存在的，而在此瞬间，心灵最纯洁的内心别无选择地与流动的绵延分道扬镳，被从事物暗中决定的多样性中提取出来，凝结为实体，同时，陌生的、无法认知的自然受内心的驱使，完完全全地凝聚成为一个通体灿烂的象征。但是，心灵与自然之间的这种关系，只能够在抒情的瞬间产生。否则，自然就会因远离感性而被转化为一间专门堆放文学直观象征的绘画废物间；它似乎被附着在了施魅的运动上僵直不动，只有用抒情诗咒语才能将其平息为一种意义丰富而生气勃勃的平静。这样的瞬间只对抒情诗而言才是构建性的、决定其形式的；只有在抒情诗中，实体的直接闪现才令失落的原始初稿骤然变得清晰易读；只有在抒情诗中，经历过这些体验的主体才会嬗变为意义的唯一的载体

---

① 第二自然与第一自然相对，指的是人类通过自身的劳动所建构出来的异化的商品世界。在文学中，这一观念可以追溯至歌德，而在哲学中，它则应当追溯到黑格尔和马克思。在1923年出版的《历史与阶级意识》中，卢卡奇曾对此进行了一定程度的发挥（参见［匈］卢卡奇《历史与阶级意识》中"阶级意识"与"物化和无产阶级意识"章节，杜章智译，商务印书馆1992年版）。主要依据《小说理论》中的这一观念，本雅明和阿多诺后来发展出了另一个重要的概念——"自然历史"。

和唯一真实的现实。戏剧在一个超越现实之外的领域中演出，而在叙事诗的形式中，主观体验则仍旧保留在主体之中：它形成了情绪（Stimmung）。自然被剥夺了无感觉的独立生命及其富有意义的象征，变成了一种背景、一种舞台布景、一种伴唱声部；它已失去了其独立性，仅仅是感官可以察觉到的内在本质之物的投影。

人创造构成物（Menschengebilde）的第二自然不具有抒情的实体性：它的形式过于刻板，以致无法紧跟创造象征物的瞬间；它的内容被自己的定律规定得如此精确，以致它无法使自己摆脱那些使抒情诗注定要变成论说文（Essay）① 的动力因素；这些因素是如此强烈排他地依顾于定律的恩典，以致它们不具有独立于它们的定在的感性化合价（Valenz），要是没有那定律的恩典，这些因素就会消弭于无形。与第一自然不同，第二自然不是无声的、彰显的和脱离感性的；它是各种感觉的综合体，但它已变得僵化和陌生，不再能唤醒沉睡的内心；它是一个死去多时的内心的陈尸所（Schädelstätte），因此——如果可能——只有借助心灵的再次苏醒的形而上的行动才能唤醒它，因为心灵的这种力量曾在其早期的或理想的定在中创造或保存了它，其他任何内心都不能使它振兴。它与心灵的追求太过类似，以致不能被心灵仅仅当作情绪的原材料来处理；二者之间又太过隔膜，以致前者难以成为心灵的正确表现。

---

① "Essay"是一个具有云语渊源的英文词，现多翻译为"小品文"或"随笔"。不过，现译显然只注意到了它的形式与中国传统小品文的相似性，而没有意识到其"验证"和"试图验证"的本质规定。在《心灵与形式》作为导论的第一篇"Essay的本质和形式"中，卢卡奇曾详尽地分析了他所推崇的"Essay"和一般文所理解的作为小品文或散文的"Essay"的异同。基于卢卡奇的论述，我们认为，将"Essay"译为"论说文"是比较贴切的。

与自然的隔膜，面对第一自然的现代情感的自然态度只是人的经验的一种投影，它表明：人们自己创造的环境不再是一座可以安居的祖宅，而是一座牢狱。只有当人为自己所创造的构成物确实适合于人之时，它们才必然是人类生于斯长于斯的家园；而此时人并不会涌出这种欲望，即把自然设置为自己需要寻觅和发现的对象并如是地去体验自然。第一自然是适用于纯粹认识的合规律的自然，是把安慰带给纯感情的传送者的自然，同时也不过是人类与其造物的异化（Entfremdung）的历史哲学的客体化。当这些造物的心灵内容不再直接转化为心灵的时候，当这些造物不再作为内心——在任何瞬间都可以被还原成一种心灵的内心——的凝聚和堆积而显现的时候，为了生存，它们就必须盲目地、无例外地获得一种奴役人的权限（Macht），人类对这种奴役着他们的权限的认识就是规律；人们把对这个权限法力无边、无所不至的绝望之情转变成了对远离人类的、永恒的、不可改变的必然性的认知，这种必然性立足于庄严崇高的逻辑至上性（Logizität）的规律基础上。规律的自然和情绪的自然都发端于心灵中的相同位置：它们预先设定获得一个有意义的实体是不可能的，设定找到一个与构成性主体（konstitutives Subjekt）相匹配的构成性客体（konstitutives Objekt）是不可能的。在它的自然体验中，单独的真实主体消解了情绪中的整个外在世界，并由于思辨的主体和它的客体之间本质上不可抗拒的本质一致性，它也因此变成了情绪；一个想要认识清除了所有需要和意愿的世界的企图，将把主体改造为反主体的、建设性的和构成性的认知功能的体现。肯定会发展到这一步的。因为只有当主体从内部行动，它才是构成性的，换言之，也只有伦理性的主体才是构成性的；如果主体行动的竞技场、他的行动的标准客体是由纯粹伦理的素材塑造而成的，如果权利、习俗传统与伦理（Sitte mit Sittlichkeit）是一致的，如果被放置到这些人为的构造中去的心灵内容并不多于通过行动从其中逃逸出来的心灵内容，而仅凭着这些人为的构造落实为行动，那么，主体才有可能逃脱规律和情绪的掌控。在这样一个世界中，心灵没有必要去默认任何规律，因为它自身就是人类的规律。人将要在每一个他必须证明的材料上（in jeder Materie seiner Bewährung）看见同样心灵的同样面孔。在这种情况下，力图以主体的激发情绪的力量来征服非人世界的陌生性（Fremdheit），就显得有些无关紧要和多余了：我们所探询的人的世界是心灵——不论是作为人、神还是魔——的家园；在这里，心灵发现了自己所必需的一切，而无须从自己这里创造或激发出些什么来，因为它的存在就是要竭尽所能去发现、收集和铸造心灵全部直接存在着的同类物。

  史诗中的个人和小说的主人公，都脱胎于对外部世界的隔膜。因为如果世界在其内部是同质的，那么，人们就不能彼此进行质的区分：当然有会英雄和恶棍、虔敬者和罪犯的差别，但即使是最伟大的英雄也至多比他周围的大众高出一头，最睿智的人所说的威严话语也能被愚蠢的凡夫听见罢了。只有在人们之间的差别业已构成一道不可逾越的鸿沟的时候；只有在神灵沉默，祭品和狂喜都不能解开他们舌上的秘密的时候；只有在行为世界将自己和人们分开并因为这种独立性而变得空空，不再能够将行动的真实意义吸纳进自身，不再能够通过行为变成一种象征物，已无法将行为消解在象征物中的时候，也就是说，只有在内心和冒险永远彼此分离的时候，内在性的个人生活才是可能的和必然的。

严格地说，史诗的英雄并不是个体的人。传统上认为，史诗的一个本质标志就是它的主题并不是一个个人的命运而是一个共同体的命运。① 正因为如此，决定着史诗宇宙的价值系统因其圆整和完满创造了一个整体，这个整体的有机性过于强大了，以致在其内部，任何一部分都无法在其自身中闭合自身，充分地自我依赖，也不能发现自己作为内在的存在，不能成为一种人格的存在（Persönlichkeit）。伦理观念假定每个心灵都是自有的、无以比较的，但它的无限威力在这个世界里依旧是太过遥远，也不为这个世界所知。但是，当生活作为生活在其自身中发现了内在意义之时，有机体的各种范畴就能够决定一切了：一个个体的结构和面貌只是部分和整体之间彼此相互制约的平衡的产物，而不是迷失的孤独个体的论战性自我反思的产物。因此，一个事件能在一个因此而完满的世界中所取得的重要性始终只具有量的意义：事件借助象征性表达而呈现自身的一系列冒险，相比于一个庞大的有机生命复合体——民族或国家——所经历的甘与苦的意义，拥有了等量齐观的重要性。史诗的主人公之所以一定是国王，有着与悲剧截然不同的形式原因，也有与悲剧同样的要求。在悲剧中，主人公之所以一定是国王，是因为存在着这样一个必要性，即把生活所有琐碎的因果关系从命运的本体论的路径上扫除干净：因为社会的顶尖人物（Gipfelgestalt）是唯一一个这样的人，他的冲突一方面发轫于悲剧

---

① "史诗就是一个民族的'传奇故事''书'或'圣经'。每一个伟大的民族都有这样绝对原始的书，来表现全民族的原始精神。"（［德］黑格尔：《美学》第三卷下册，朱光潜译，商务印书馆1981年版，第108页。）

问题，另一方面则保留了一种象征性存在的感官幻象（sinnlicher Schein）；因为只有这样的一个人才能要求在其外在的显现形式中，拥有必需的孤独气氛。悲剧中的象征物在史诗中则成了现实：把一个个人的命运和一个总体连结起来的纽带的重要性。在过去的悲剧中，世界的命运不过是若干个必需的数字零，而现在则在零前面加了个一，变成了一百万，这个世界的命运其实就是在史诗中给事件以内容的东西；背负命运并没有给这个背负者带来孤独，而是用不能分解的线将他和共同体维系在一起，使共同体的命运结晶在他的生活中。

共同体是一个有机的——因此是一个充满意义的——具体的总体，这就是为什么史诗中的冒险内容总是串珠式的，而非严格封闭的原因：冒险内容是一个具有内在无限丰富生命的活体，它拥有相同或类似的活体，如同兄弟或近邻。荷马史诗的开篇从事件发展的中间部分开始说起，而其结束却不是事件的结尾，这一方法的原因在于真正的史诗观念对于一切作品结构都是漠不关心的，而外来的素材的引入——如司《尼贝龙根之歌》中的狄特里希·封·贝尔恩①——则永远不能打破这种平衡：因为史诗中的一切都拥有它自己的生活，都从内部的意义中创造了自己的圆整性。具体事物的简单接触产生了具体的关系，虽然外来之物能够平静地把手伸向中心，但由于其远景距离（perspektivische Ferne）和它的尚未展开的丰富性，并不能危及总体的统一性，因此，外来之物依旧拥有其

---

① 狄特里希·封·贝尔恩（Dietrich von Bern）是日尔曼传说中的英雄。在公元 6 世纪前后收集整理的德国南部歌谣集《英雄集》中，有一些歌颂其功绩的诗篇。

明显的、有机的存在。但丁是唯一一个这样的伟大例子——结构明白无误地战胜了有机之物：因此，他代表了一种从纯史诗到小说的历史哲学过渡。在但丁的作品里，仍旧保留着纯粹史诗才有的那种完美的、内在的无距离感和完整性，但他的人物已全都是个人，他们有意识地并全力以赴地对抗这样一个直面他们、封闭着的现实，而在这种对抗中，他们成就了真正的个人性。但丁的总体性的构成原则是系统化的，它消除了有机的部分统一体的叙事独立性，并把它们改造为等级明确的、本有的组成部分。的确，这样的人物个性更多地是在次要人物而非主人公那里出现，这种趋势的张力背向边缘，随着它与目的相去愈远而不断增强；同时，体系的每一个部分统一体都保留了自己抒情性的个人生活，这是一种旧叙事诗过去不曾有也不可能有的类别。史诗和小说的前提的统一，以及它们综合而成的史诗是以但丁世界的二重性结构为基础的：此岸世界生活和意义之间的分裂，被现存的生活和意义的先验一致性所瓦解，由此得到了超越和扬弃：但丁以自己充满假定的层级制度与古老叙事诗之无假定的有机体相对立，同样地，但丁，也只有但丁，可以无需给他的主人公赋予可见的社会优越地位，他所参与决定的共同体命运也可以缺少，因为他的主人公的体验就是人类普遍命运的象征性统一。

四　小说的内部形式

但丁世界的总体性是概念的可见系统的总体性。正是因为概念自身和体系中次第秩序这种感官上的"物性"（Dinghaftigkeit）和实体性，完整性和总体性才能成为构成性的而非调节性的结构范畴；正因为如此，穿越总体的进程是一次虽然充满张力却有惊无险的航程，而非向着目标摸索前进的漫游；正因为如此，当历史哲学的情状生硬地把问题挤压到小说的边界处，史诗的创作才是可能的。因为小说的总体性只能被抽象地系统化，所以，在这里能被实现的体系——在有机体的最终消亡之后，这就成了完整的总体性的唯一可能形式——就一定只能是一个抽象（abgezogener）概念体系，因而不能直接应用于美学的赋形。这样一种抽象的体系化确实是全部结构借以立基的终极基础，但是，在现有的、被塑造的现实中，作为客观世界的传统性（Konventionaltät）和作为主观世界激烈的内部体系有形生活之间的距离却明朗化了。所以，用黑格尔的话来说，小说的要素完全是抽象的；抽象体现在人物对实现乌托邦的奋斗向往上，这是一种感觉他自己和他的愿望是唯一真实实在的向往；抽象体现在仅仅以事实的现存和承受力量为基础的构成物的定在；抽象还体现在赋形的观念上，它使这两组抽象的赋形要素的距离得以不受破坏地维持，并将这一距离无与伦比地（unüberwunden）具体表现为小说人物的体验，因而使它成为联结两组要素的纽带和创作的工具（Vehikel der Komposition）。这样，我们也就认识到了来自小说的基本抽象特征的危险性：要么是变成抒情性或戏剧性的超越，要么是总体性被压缩为田园诗，要么是最后沦落到纯粹消遣读物的水平。只有把非完整性、脆弱性和指向世界外部的特性有意识地、一以贯之地表现为最后的现实，这种危险才是可以被消除的。

每一种艺术形式都是由生活中之形而上的不和谐所规定的，它将这种不和谐接受下来并塑造成为自身内部完成了的总体基础；发端于此的世界的情绪特征、人和环境的氛围是由一种源于尚未绝对化解的不和谐因而威胁着形式的危险所决定的。小说形式的不和谐，即意义的内在性不愿意进入经验生活时的态度，提出了一个形式问题，与其他艺术形式相比，小说的这个问题的表浅性特征是被遮蔽的，而且因为它看上去更像是一个内容问题，所以，比起那些明显的纯形式问题所遇到的境况，它也许需要用伦理学和美学之间更有力、更深入的合作来解决。小说是成熟男性的艺术形式，它完全不同于史诗规范的天真无邪；而处于生活表面的戏剧形式，则是在人类的生活时代之外的，即使这些时代可以被理解为先天范畴或标准阶段。小说是成熟男性的艺术形式，这就意味着：小说世界的闭合性，如果客观地看，是非完整的，如果主观地去体验，就等于放弃。对赋形起决定作用的危险是双重的：要么是世界的脆弱性被痛快地彰显出来，并由此消解了形式所要求的意义内在性，从而把放弃转变为痛苦的绝望；要么得到认可并藏身于形式的向往是如此强烈，以致它消解了不和谐，被误导着仓促地闭合，这一闭合就使得形式在相互分离的异质中溶化了，只因脆弱性可以被肤浅地伪饰起来，却绝不能被磨灭，于是，这种内容贫乏的关联的微弱凝聚力将被打碎，如同未经加工的素材一般，明白地出现在小说中。在这两种情况下，构成物都是抽象的：小说的抽象基础的形式生成是透视了自身的抽象结果；而形式所要求的意义的内在性，恰恰只有在作者无情地穷追猛打地揭示其缺席的时候，才能获得。

艺术对生活总是一个"但是！"；各种形式的创造是对不和谐的定在的一种在思维范围内最深入的肯定。但是，在其他任何一种形式里面，甚至在史诗当中，由于今天不言而喻的原因，这样的肯定都是先于赋形行为的，然而，在小说中，这种肯定却是形式自身。所以，在小说的创作过程中，伦理学和美学的关系便迥然异于它在其他文学类型中的情况。在那里，伦理学是一个纯粹的形式前提，从这种伦理学的深度上讲，这一前提深入到了形式所决定的本质，从其广度上讲，它又同样被形式决定的总体性变得可能，凭借总体性无所不包的特征，这一前提在构成要素之间建立了一种平衡，对于这种平衡而言，"公正"（Gerechtigkeit）只是一个纯粹伦理学的语言表达。另一方面，伦理观念在小说创作的每一个细节中都是清晰可见的，因此，它最具体的内容即在于它是作品本身的一个有效的结构要素。这样，与那些被保存在完成了的形式之中的其他体裁相比，小说是作为某种生成之物、作为一个过程显现的。所以，从艺术的眼光来看，小说是受冒险侵害程度最深的形式，正因为如此，许多将"有问题"（Problematik）和"成问题"（Problematisch-Sein）相提并论的人把小说称作半分艺术（als Halbkunst）。因为只有小说具有讽刺漫画的特质，几乎在一切非本质的形式特征上它和讽刺漫画都是真假难辨的，从小说迷人的外表看，这种说法确有其道理；消遣小说具有小说的所有外部特征，但在本质上，消遣小说连结着虚无，整个结构也是建筑在虚无之上的，即是说，它完全是无意义的。在已经完成了的存在的诸多形式之中是不可能有这样一位讽刺漫画的孪生兄弟的，因为在创作这样的作品的时候，赋形之外的创作成分是绝对不能被伪饰起来的，而此处用表面上看以假乱真的方式接近则是可能的。然而，对于小说而言，由于那有效约束力和构成力的思想所具有的调节性和隐蔽性，由于那徒劳的活泼生气与那种终极内容无法合理化的进程在外观上的亲近性，表面上的类似很大程度上能导致那种被错认为真实事物的漫画式存在。但是，在每一个具体的案例中，在每一个准确的观察目光下，我们都可以揭示出这种亲近性的作为漫画的本来面目。从别处拿来用以否定小说真实艺术特性的明证，仅仅具有皮相的真理性。这不仅因为小说规范的不完整性和问题性是单纯从历史哲学意义上产生的形式，而且，其形式的底基已经触及时代精神的真实状况，从而成为其拥有正统性（Legitimität）的标志；另一方面，这还是因为其作为过程的性质只是在内容上排斥了闭合性。作为形式，小说代表了生成与存在之间的一种不断波动但又能保持稳定的平衡；作为有关生成的思想，它变成了一种状态。于是，小说通过把自己转变为一种规范之生成着的存在而实现了超越；"行程终止之处，道路刚刚开始"。

因此，较之于"闭合的形式"（geschlossenen Formen），小说的"半分艺术"规定了更严格、更不容争议的艺术法则，这些法则越是难以界定和表述其本质,就越有约束力:它们是雅致的法则。就其本身而言,雅致和品味原本只是属于纯粹生活领域,居于次一级的类属,面对本质的伦理世界,它们甚至显得有些微不足道,但是,在这里,它们却获得了巨大的构成性意义:只有通过它们,主体才能贯穿小说总体性的开端和结尾,使自己保持平衡,才能够把自己表现为史诗标准化的客体化,并超越抽象概念这一小说形式的固有危险。这种危险也可以用另一种方式来表述:在伦理所承载的形式结构不只是一种先天的公式而且作为内容问题的地方,或者在一个不同于史诗的时代,在作为内部生活要素的伦理与其在结构物中的行动底基不再具有一致性至少是明确的一致性(Konvergenz)的地方,就有了这样一种危险:要被赋形的将不再是一个存在的总体,而是那个总体的一个主观方面,宏大的叙事诗所要求的可接受的客观性的创作观念因此不得不被模糊或被摧毁。这种危险不可回避,但可从里面被攻克。如果主体性没有被表达或被转换成一种要求客体性的意志,那么,这种主体性实际上是未被排除的:较之于一种明显有意识的主观性的公开显现,这样一种沉默、这样一个追求甚至更加主观,因此,在黑格尔的意义上说,甚至更加抽象。

主观性的自我认识及其自我扬弃,被最早的小说理论家、早期浪漫主义美学家称作"反讽"。作为小说形式的一种正式的构成活动,反讽意味着标准的创作主体的内部分裂。分裂中的一方作为内在性的主观性和其异在的力量联合体,努力在异在的世界上留下其渴望内容的印记,另一方则看穿了抽象也看穿了彼此异化的主客体世界的局限性,通过把它们的局限看作其存在的必要性和条件而理解了这些世界、理解了界限,并通过对它们的洞识而承认了世界的二元性存在的主体性。同时，创作主体则在基本迥异的元素的相对性中瞥见并造就了一个统一的世界。然而，这个被统一起来的世界不过是纯粹形式上的；内、外部世界的异在性和敌对性并没有消除，而只是被确认为是必要的，同时，认识到这样一个世界的主体就像成为它的客体的人物一样，都是经验的，它如同外部世界的一部分，局限在它的内心中。这就使得反讽失去了所有的冰冷且抽象的优越性，这种优越性能把客观的形式压缩为主观的形式和讽刺文学，将总体性压缩为其中的一个方面（Aspekt）；在小说中，观想和创作的主体，把自己对世界的认知用到自己身上，将自己当作自由反讽的自由客体；简言之：它必须把自己转换成一个纯接受的主体，如同宏大的叙事文学的规范所要求的那样。

小说的反讽是世界脆弱性的自我修正：不充分的关系能把它们自己转变为误解和相互失之交臂之幻想的却又井井有条的轮舞（Reigen）①，在那里，一切都可以从多个角度观想：可能既是隔绝的又是牵连的，既是价值的承载者又是一无所有者，既是抽象的被分离者（Absonderung）又是最具体的个别生命，既是残枝败叶又是盛开之花，既是痛苦的制造者又是痛苦本身。

在一个质的全新的基础上，即在部分的相对独立和它们对总体的附属之间不可消解又错综复杂的关系（Verschlungenheit）中，一种生活观形成了。但是，尽管有这种附属性，各个部分并不能失去它们抽象的自我依靠的坚韧性，即便它们尽可能地接近那个有机体，但它们对于总体的关系，仍旧不是一个与生俱来的真实的有机

---

① 本义是"轮舞""圆舞""圆圈跳舞"，转义是"顺序"。

关系，而是一种被不断扬弃的概念的有机关系。从创作的观点来看，由此产生的后果便是：虽然人物和他们的种种行为拥有了纯粹的史诗题材的无边界性，但它们的结构却根本不同于史诗的结构。其中，小说素材的这种概念的伪有机性得以表现出的结构差异，是同质的有机稳定性和异质的偶然离散性之间的差别。因为这种偶连性（Kontingenz），较之史诗的独立，小说相对独立的部分就更加独立，更加圆整；并且，如果它们不准备破坏整体，就应借助超越它们的简单存在的方法被整合进整体。与史诗不同的是，它们必然拥有一个严格的创作和结构上的重要意义，不管这种重要意义是选择将自己返照到问题上这种形式（譬如《堂吉诃德》中的那些小故事），还是选择用插入一个序言来解说一个在结尾才发挥决定作用的隐藏主题（譬如《一个美丽灵魂的忏悔》［*Bekenntnisse einer schönen Seele*］）；但它们简单的定在并不能证明其存在是正当的。仅仅因为创作而联结起来的部分所促成的私密（diskret）个人生活的可能性只有作为一个征兆的时候才是有意义的，此时，它使小说的总体结构得以最大程度地明朗化。从事情的自身而言，完全没有必要强求每一部具有典范意义的小说都去展示小说结构的极端结果；任何企图用单一地坚持这个特殊的方面来克服小说问题的尝试，事实上都会导致写作的矫饰和过度清晰（Überdeutlichkeit），就像浪漫主义者或保尔·恩斯特①的第一部小说那样。

---

① 保尔·恩斯特（Paul Ernst，1866—1933）是德国诗人、小品文作家、小说家和戏剧家。他反对艺术中的自然主义，要求转向古典主义，对青年卢卡奇的影响很大。卢卡奇曾在《心灵与形式》中的《悲剧的形而上学》一文中专门论述过他的创作，参见 Michael Holzman, *Lukacs' Road to God: The Early Criticism Against Its Pre-Marxist Background*, University Press of America, 1985, pp. 92-97。

这只不过是偶连性的一种表征；因为它只是使在任何时候和任何地点都会发生的事态（Tatbestand）得以清楚明白地昭示罢了，但是，它又通过巧妙的反讽手法，使这些事态之一再被暴露的有机性质为一种伪装所遮蔽：小说的外部形式本质上是传记式的。这是因为生活一再从其中脱落的概念体系和永不能达到其内在的、乌托邦式的完全宁静的生活总体（Lebenskomplex）之间的波动，只能在传记所追求的有机性中得以客体化。在一个有机体是支配一切的总体范畴的世界形势中，要把一个具有各种局限性的有限生命理解作个性、理解为风格化的起点和赋形的中心，那它将会显得像是对有机体特性所施加的愚蠢的暴力。在构成性体系的世系，一个个体生命的典型意义只能是一个范例：它被再现为价值的承载者，而不是价值的底基；甚至想象一下这样的计划出现了，都会变成最可笑的自大。在传记形式中，个别的、被赋形的个体都有一种自重（Eigengewicht），这种自重对于生活的全能（Allherrschaft）而言显得过于沉重，而对于体系的绝对优势则又显得有些微不足道；他的孤立的程度对于前者来说太大了，对于后者而言则又显得无足轻重；他与理想的关系——他同时又是理想的承载者和实现者——对于前者而言是过度强调，对于后者来说则是不充分地处于从属地位。在传记形式中，对于直接的生活统一以及对于体系的涵容一切的结构体系之无法完成的、感伤的追求，得到了抵消和平息，它被转变为了存在。对于传记的中心人物而言，只有他与凌驾于他之上的理想世界的关系才是重要的：但是，这个世界反过来又只有通过这些个体的内心生活及其体验的作用才能实现。这样，在传记形式中，在从没有实现而且在孤立的状态中无以实现的两个生活领域之间的平衡中产生了一个新的、独立存在的生活,无论有多么荒谬,它自身都是完整的、内在地充满了意义:成问题的个人的生活。

偶然性的(kontingent)世界和成问题的个人是相互制约的现实。如果个人没有遭遇难题,那么,他的目的就以直接显明的方式向他敞开,这些目标所能够建构的实现了的世界,在实现的过程中可能给他带来妨碍和困难,但绝不会有任何危及其内部生命的严重威胁。只有当外部世界不再安住于个人的思想——在人们当中成为心灵的主观事实、成为理想的时候的那些思想之时,这种威胁才会发生。将思想定位为无法实现的,并在经验意义上设置它为非真实的,即将思想转变为理想,这就破坏了个体之直接的无问题的有机性。那时候,个性自身就成了目标,因为它在自身中发现了一切对它都是必要的并使其生活成为本真的生活——即便它所发现的东西并不能被稳固地拥有,或者也不是其生活的基础,而只是一个有待寻觅的客体。然而,个体的周边世界是其内在世界赖以建立的相同范畴形式的底基和素材,但它们在内容上却彼此各异:所以,存在的现实与应然的理想之间无以逾越的鸿沟,必然代表了外部世界的本质,它们素材之间的差异符合了结构上的差异。这个差异在对理想的纯否定性中最清楚地表现了出来。在心灵的主观世界中,理想就和心灵的其他现实一样安居在家中(einheimisch),但是,当从心灵的水平降至体验的水平之时,理想即使在其内容之中也能扮演一个直接的积极的角色;人类环境的现实与理想的分裂仅仅是因为理想的缺席,它终在由理想的缺席所导致的纯粹现实的内在自我批评中被显现出来:在没有内在理想的虚无的自我暴露中被显现出来。

这种自我毁灭的现象形式以简单的被规定（Gegebensein）方式存在着，具有完全理智的辩证法，但在诗歌和感性方面并不具有直接明证性，它以两种方式显现自身。第一是个体内心和他行为基础之间的和谐的缺席，内心越真实，内心的源泉越接近在心灵中化作理想的存在思想，这种缺席就越发明显。第二是面对着对于理想陌生又怀有敌意的世界，内心无法做到真正地使自己圆融（sich abrunden）；既无力为自己发现作为整体的总体性形式，也无力为自己对于其要素及要素之间的关系找到连贯一致的形式。换言之，外部世界是不可描述的。这样一个外部世界的局部和整体都会逃脱任何形式的感性直接再现。只有当它们能与迷失在它们的迷宫中的个人的内心生活经历相联系，或与诗人主观表现的观察和创造性的目光相联系，只有当它们变成了情绪或反思的对象的时候，它们才能获得生活；这就是浪漫主义作家的主张的形式理由和文学合法依据，即认为将一切文学形式都统一在这里的小说必须把纯粹抒情性和纯粹思想涵容在其结构之中。但自相矛盾的是，由于史诗的重要意义和感性的化合价（Valenz），外部世界的离散特性需要吸纳这样一些要素，其中一部分要素本质上不同于史诗，另一部分则在大体上不同于诗。吸纳的意义不仅在于抒情诗的气氛，也不仅在于理智意义（在非抒情诗领域，散文式的、孤立的和非本质的事件也会获得理智意义），而是说，只有在这些要素中，整体的终极基础即那个把整部作品控制在一起的基础——构成总体性的调控思想（regulativen Ideen）的体系，才变得可见了。因为归根结底，外部世界的离散结构是由于这样的事实，即任何思想体系只拥有对现实的直接的调节力量。因为理念无力穿透现实，所以，这使现实变得异质和离散，较之但丁世界中的情况，这和无能更深切地需要现实要素拥有一些同理念体系的明确联系。在但丁的世界里，生活和意义通过在世界体系中分配给它们以各自的位置而直接被赋予了现象，这就像在荷马的有机世界里，生活和意义在生活的每一次显现中都因为完美的内在固有性而直接当下地呈现。

小说的内部形式被理解为成问题的个人走向自我的旅途，那条路从简单定在的现实，即本质上是异质的、对个人又是无意义的现实的阴暗囚禁中延伸出来，朝着那明确的自我认识走去。在这样的自我认识达到之后，如此被发现的理想虽然作为生活的内在意义照射进了生活之中，但应有和实有之间的两分仍旧没有得到消除，在这些事件发生的领域即小说的生活领域里，它们也没法被消除；只有一个最大限度的接近，即一个人被他的生命意义透彻并强烈地照亮是可以达到的。小说形式所要求的意义的内在性，通过这种体验得以实现，即他对意义的简单一瞥就是生活所能提供的最高体验，就是唯一值得整个生活全力以赴的东西，就是唯一值得为之奋斗的东西。这个探寻的过程将终人一生，其方向和范围随同规范的内容和那条通向自我认识的路一并被赋予。过程的内部形式及其最充足的赋形可能性——传记形式——最清楚地展示了小说素材之离散的无限性和史诗素材之类似连续性的无限性之间的巨大差别。小说中有一个关于这种界限的"坏"的无限性（schlechte Unendlichkeit）①，因

---

① 在黑格尔看来，量的无限进展并不是真的无限性，而是一种坏的无限，"真的无限性不可视为一种纯粹在有限事物彼岸的思想，我们想获得对于真的无限的意识，就必须放弃那样无限进展"。（［德］黑格尔：《小逻辑》104 节附释二，贺麟译，商务印书馆 1980 年版。）

此，为了变成形式，它需要施加某种界限，然而，纯粹史诗素材之无限性却是内部的有机的无限，它自己承载价值，强调价值，由内而外地给自己设置了界限，规模的外在无限性对于它而言几乎是无关紧要的——不过是一个后果，至多是一个征兆。小说借助传记形式克服了它的"坏"的无限性：一方面，世界的范围被主人公可能有的体验范围限制，在自我认识中，世界的总量是由他的成长过程朝着生活意义的发现的方向所组织起来的；另一方面，通过使孤立的要素与核心形象和被其生活故事所象征的生命问题联系起来，孤立的人、非感性的结构物和无意义的事件的离散的异质体得到了统一的清晰划分。

小说世界的起讫是由为小说填充内容的那个过程的起讫决定的，因此，这个起讫就成了一条明确勘绘过的道路的突出意义的路标。自在自为的小说是绝无可能和生活的自然起讫——生与死——联系在一起的；然而，通过它的起讫点，它指示出了由问题决定的的唯一本质性的路段，在这个路段之前或之后的一切，就只是接触到了远景的拟像和单纯的问题相关性，于是小说才有了这样的趋势：在对于它而言是本质的生活跨度展开整个的史诗总体性。如果这里的生活片段的起讫和人们生活的起讫不相一致，那么，这只不过表明了传记形式的特征指向这样的思想：一个个人的发展只是一条缚结着整个小说世界、使之沿着它逐渐展开的线索，但是现在，这种发展仅仅因为它是思想的体系和调节地决定小说世界的内外部体验的类型典范而获得了这种重要意义。威廉·迈斯特的文学定在从他日益严重的危机中，以他当下的生活境况向外延展，直到发现了适合其本质的职业，但是，这个传记结构的赋形拥有和彭托皮丹的《幸福中的汉斯》（*Hans im Glück*）里主人公的成长历程一样的原则，后者以主人公重要的孩童时代的经历开头，以他的死亡结束。这两种情形中的风格化与史诗的风格化是根本不同的：在前者那里，中心人物和他重要的历险是一个自在自为的组织体，所以，它的开头和结尾就有着完全不同的意味，意味着某种本质上不太重要的东西：它们是十分紧张的时刻，和总体中其他的高潮时刻是一样的，除了张力的出现或消除之外，别无所指。和别处一样，但丁在这里又一次占据了一个独特的位置，在但丁作品里，趋向于小说的建构原则被重新反归于史诗。但丁的起讫代表着本质生活的决定点，代表着一切能产生意义、变得重要的事物，都能在它们之间发生；在开始之前已有了无以消解的混沌，结束之后再没有被威胁的救赎确定性。但是，包含在起讫之间的事物挣脱了过程的传记范畴：它是迷醉的永恒存在的生成；在但丁作品中，小说形式可能把握的和塑造的任何东西，都要被这种体验的全部意义宣布为绝对的非本质性。小说将其总体性本质包含在起讫之间，因此把一个个人提升到了这样一种无尽的高度，通过他的体验，他会创造整个世界，并使他的创造物维持平衡；这个高度不是史诗中的个人所能达到的，即使是但丁诗中人物也难以企及，因为史诗中的个人把他的重要意义归功于赠予他的恩典，而不是他的纯粹个别性。同样的排他性使他成了一种纯粹的工具，他在作品的中心位置只意味着他特别适合去揭示生活世界中的某种问题。

五　小说的历史哲学制约性及其重要意义

　　小说创作就是把异质的离散成分佯谬地熔铸成一个一再被废弃（gekündigt）的有机物（Organik）。抽象成分的凝聚关系在抽象的纯粹中是形式化的；因此，最终的统一原则必须是创造性的主观性伦理，一种在内容上变得明晰的伦理。但是，由于这种伦理必须扬弃自己，以便叙事创作者规范化的客观性能够实现；由于它不能完全渗透其赋形客体，因而不能完全摆脱自己的主观性并作为客观世界的内在意义而显现——所以，为了获得能创造出平衡的"机巧"（Takt），它需要一个还是由作品的内容所决定的、重新进行自我修正的伦理机制（ethische Selbstkorrektur）。这两种伦理复合体的相互作用，它们关于形式的二元性及其赋形中的统一，就是反讽的内容，而反讽则正是小说标准化的信念，小说由其被赋予的结构被判定为一个高度复杂的事物。对于思想作为现实而被赋形的每个形式而言，现实世界中的思想的命运无须都成为辩证反思的对象。思想和现实之间的关系可用纯粹感性的赋形手段来处理，这样，在两者之间就没有遗留下来什么必须用作者存乎于心的超人智慧来填充的距离的空档（leerer Raum des Abstandes）；这样的智慧在赋形之前就使自己实现了：它将自己隐藏在形式之后，而无须像反讽那样一定要在创作中超越自己。对于创造性个体的反思而言，小说家与内容相对的伦理是双层的：这个伦理首先是归于对这样一种命运的反思的赋形（该命运在生活中属于理念），归于对这一命运关系的事实性（Tatsächlichkeit），归于对其现实的价值考量。这个反思又一次成了后思（Nachdenken）的对象：它自己只是一个主观的和纯预设的理想，它面临着一个存在于与它相异的现实中的命运。这个命运现在还是纯粹反思的且驻留在叙述者自身之内的，它必须被赋形。

反思之必需是每一个伟大而真诚的小说之最深沉的忧郁。通过它，作者的质朴性（Naivität）（这只是对"纯粹后思最内在的非艺术性"的一个积极表达）将在经受了极度的暴力之后转化为它的对立面；绝望下得来的平等、相互地超越反思的不稳定（freischwebend）平衡——第二种质朴性即小说家的客观性，只是前者的一个形式的穸用品；它使赋形得以可能，封闭了（schließt）形式，但是，它如此作为的方式雄辩地指向那必须牺牲的供品、永远失落的天堂，这个天堂总是在被人寻觅．然而却再也找不到了，这种徒劳的寻觅和被抛弃的放弃（resigniertes Aufgeben），形成了那圆整的形式的轮环。小说是成熟的阳刚之气的形式：它的作者已失去了一切诗歌所具有的容光焕发的青春信念，即"命运和气质（Gemüt）是同一个概念的双名"（诺瓦利斯）；把每个文学创作之最本质的信条设置为一个对生活要求的考问，是他必须做的事情，这个必须性越是深入、越是痛苦地根植于他，他就必须越深入、越痛苦地学着明白：这只是一个需要而不是一个有效的现实。这个洞见、这个反讽,双双指向他的主人公。在主人公们充满诗意的必不可少的青年时代,他们被小说家将信念转化成现实这一尝试摧毁。这个洞见、这个反讽还针对他们自己的智慧,这智慧已被迫认识到了抗争的无用性和现实的最终胜利。实际上,反讽在两个方向上都是双面的。它不仅领会到(erfaßt)斗争之深刻的无希望,也领会到放弃抗争的更深刻的无希望;这是要适应对于理想而言乃是一个陌生世界的意图之卑微的失败,是为了达到掌控现实而放弃不真实的心灵的观念存在(Idealtität)这个意图之卑微的失败。直到反讽把现实描写为胜利者,它才不仅表明:面对它所击败的对手,现实就是虚无,现实的胜利永不可能是最终的胜利,它将不断地遭受理念的新暴动的冲击;而且表明:世界并没有把自己的优势归结为自己的力量,而是归结为一种压垮的心灵之内部(虽然必要的)问题性,因为它自己的力量太过于粗劣,又没有方向,不足以维持这样的优势。

　　成人状态的忧郁缘起于我们二元的冲突体验:一方面,我们对内心召唤之绝对的、对内心声音的青春的信心已经减弱或灭绝了;另一方面,我们绝无可能把我们不学而能的统治欲(in gelehriger Herrschsucht)投入外部世界,从外部世界那里偷听到指明方向和确定目标的声音。众神指引着年轻的主人公们踏上他们的路途:在路之尽头等待着他们的无论是没落的余辉,还是成功的欢乐,或是两者并存,他们都不是独自前行,而总是在被引领。因此,他们行进之中总有深刻的安全感;他们可能因为被所有人抛弃在一个蛮荒岛上而悲泣,他们可能会在盲目的彻底迷乱之中磕磕碰碰地撞开地狱之门,然而,一种安全的氛围(Atmosphäre)总是护佑着他们:

神灵总是事先为主人公指点迷津，而且总是走在他的前方。

被驱逐的神灵和那些尚未取得王国统治权的神灵已变成了精灵（Dämonen）①，虽然他们的力量还是有效的和生机勃勃的，但是，该力量尚不能穿透这个世界，或者说还没有这么做：这个世界拥有意义的关联和一个因果关系，对于能使神灵变成精灵的效力而言，这个因果关系是无法理解的，从这个因果关系的角度来看，这样一个变动显得毫无意义。精灵的力量之所以依然有效，是因为它不能被推翻，旧神的消逝支撑着新神的存在；因为这个原因，一个神就像另一个神一样，拥有与（在唯一的本质的形而上的存在领域）现实相同的化合价（Valenz）。"这东西不属于神，"歌德这样评论精灵性（Dämonischen），"因为它像是非理性的；它不属于人，因为它没有理解力；也不具有恶魔性，因为它是善意的；又不具有天使的性质，因为它往往使人觉得它幸灾乐祸。它与偶然相似，因为显不出有什么结果；它又与天道神意相似，因为它暗示有因果关系。这个东西可以突破那些限制着我们的一切境界；它像是按照我们存在的必然要素而恣意处理，它把时间聚拢而把空间展开。它像是只喜欢'不可能'，而抛弃'可能'，不屑一顾。"

---

① 古希腊人除了大神之外，还制造了许多小神小鬼，叫作 Dämonen。这个词在现代西文中一般指恶鬼。但歌德不承认《浮士德》中的恶魔是 Dämonen，他取的显然只是这个词的积极意义，指施展好影响的小神。在1831年3月2日的谈话中，他说："精灵是知解力和理性都无法解释的。我的本性中并没有精灵，但是要受制于精灵。……（《浮士德》中的）那个恶魔太消极了，不能具有精灵，精灵只显现于完全积极的行动中。"（[德]爱克曼辑录：《歌德谈话录》，朱光潜译，人民文学出版社1978年版，第231—232页。）我们根据卢卡奇在序言中的说明，将这里的 Dämonen 译作"精灵"。而其他地方的 Dämonen，我们则相机译成"魔鬼"等。

但是，存在一个对只与本质事物有关的心灵的本质追求（Bestrebung），而不管它来自何方、将引向何处；只有当回归家园的渴望如此浓烈，以致心灵必须盲目狂热地踏上似乎通向那里的第一条路的时候，这才有心灵的怀乡症；这渴求（Inbrunst）如此强烈，以致它总是一条路走到黑：对这样的一个心灵，任何道路都通向本质，通向家园，因为对这个心灵来说，它的自身性（Selbstheit）就是家园。所以，悲剧里不存在上帝和精灵之间的真实分别，反之，对史诗而言，如果一个精灵真的进入了史诗的领地（Gefilde），他一定是一个没有力量的、落败的、更高的存在，是一种弱质的神性。悲剧破坏了更高世界的等级；在史诗中没有上帝也没有精灵，因为外部世界给心灵提供了发现自己、成为英雄的契机；在自在和自为中，它都没有被意义穿透，不管是完美地还是非完美地；它是一种盲目发生的迷乱，而对于存在的意义赋形无动于衷，但是，心灵把每一个事件都转变为命运，心灵独自地为每个人做了这件事。只有在悲剧消失、戏剧观念（Gesinnung）变得先验之后，神灵和精灵们才出现在舞台上；只有在恩典戏剧（Gnadendrama）中，更高世界的白板①才再一次被高级的和次要的角色填充。

小说是被上帝遗弃的世界的史诗；小说人物的心理状态具有精灵性；小说的客观性是成熟男人的洞见，即意义不能彻底穿透现实，没有意义，现实就会分解为非本质的虚无：这一切说的都是同一件事。它们界定了小说赋形可能（Gestaltungsmoeglichkeit）的

---

① "tabula rasa" 是一个认知论概念。其认为个体的人生来没有内在或与生俱来的心智，也即是一块白板，所有的知识都是逐渐从他们的感官和经验而来的。

生产性界限——从旦面划出的界限,它们还同时界定了伟大小说有可能出现的历史哲学时刻,在那个时刻,它们成长为需要被言说的本质事物的一种象征。小说所思议的是男性的成熟,其素材的结构特征是离散的方式——内心生活和冒险的分离。勃朗宁(Browning)在《帕拉塞尔苏斯》①(*Paracelsus*)中说:"我要证明我的心灵"。如果祎妙的诗句词不达意,那只是因为它是由一个戏剧主人公说出来的。戏剧主人公不知道历险这回事,因为,通过他所企及的被命运神化的心灵的力量,原应成为他的历险的事件变成了与心灵的纯粹的接触,成为命运,成为自我证明的简单机缘,成为一个在他所企及的心灵过程中揭示被预示之物的简单诱因。戏剧主人公不知道内心生活为何物,因为内心生活是心灵和世界的敌对的二元性的产物,是心理和心灵之间苦闷的距离的产物;悲剧英雄已经获得了他的心灵因而不知道任何陌生的现实:对他而言,外在的一切只是一个先定的适量命运的表现机会。因此,悲剧英雄没有启程去证明他自己:他是一个英雄,因为他的内在安全是在先天地超越于任何测试和证明的范围之上而被给予的;对他而言,形成命运的事件对他只是一个象征的对象化,一个深刻而庄严的仪式。(现代戏剧,特别是像易卜生的戏剧的内在风格最严重的缺失,首先是源于这样的事实,即他的主要人物都要接受检验,他们在自身中感受到了和心灵的距离,并且,他们在绝望中希望经受住事件给他们设置的考验,想要越过那距离;现代戏剧的主人公经历了戏剧

---

① 《帕拉塞尔苏斯》是罗伯特·勃朗宁创作的叙事长诗,由五个部分组成,1835年出版。

的前提：戏剧本身展开了本应由戏剧家在开始创作之前完成的、作为他作品的现象学前提的风格化进程。）

小说是历险的形式，是内在性的自有价值的形式；小说的内容是心灵出发寻找自我的故事，心灵寻找历险，通过各种险境的考验，闯过一道道的难关由此找到其本质。史诗世界的内部安全排斥了在这个本质意义上的历险：史诗的英雄们度过了一系列完整且多样的险境，但是，他们能否通过检验——不管是内向的还是外向的——从来是无须怀疑的；统驭世界的神灵必定战胜鬼魅（印度神话称之为"障碍之神"）。因此，歌德和席勒所要求的史诗英雄的被动性——装点着并充满他生活的历险轮舞——是客观的和广泛的世界总体性所采用的构态；他自己只是展开了的总体性围绕着转动的明亮的中心点，是世界的内在律动之居中的最稳定点。相比之下，小说主人公的被动性不是一种外在必然，它标志了主人公与他心灵的关系以及与外部世界的关系。小说主人公的被动性不是一种形式的必然性，而是标示着主人公与心灵的关系，以及该关系与周边环境的关系。为了使主人公的每个被动性都拥有一种独特的心理学特征和社会学特征，并且表现出小说结构可能性（Aufbaumöglichkeit）中的一个确定的类型，主人公无需被动。

小说主人公的心理是精灵生物的活动领地。生物学和社会学意义的生命都有一个坚守住自己内在性的深刻趋向：人们只想活着，构造物只想保持完整无缺；人们要不是有时被精灵的力量捕获，以没有原因也无法被理性解释的方式超越自己并废除他们存在之全部心理和社会的基础的话，这种遥远和一个有效神灵的缺席，将会赋予这个在寂静中衰落的生活之惯性（Trägheit）和自我满足以世间唯一的统治力量。于是，上帝对世界的遗弃突然暴露为实体的失落，暴露为致密性和渗透性的非理性混合：以前从表面上看坚不可摧的东西，在与一个被精灵附体之人的第一次接触中就像干土一样散落一地，空的透明——以前透过它可以看到迷人风景——突然间被转变成一道玻璃墙，人们就像蜜蜂撞击窗子一样徒劳而不懈地敲打它，却无力穿过，也没法得知，这里根本就没有出路。

作者的反讽是无神时代的消极的神秘主义：它是面向意义的一种"聪明的无知"（docta ignorantia）的态度，是对精灵的善意和恶毒的所作所为的写照；它拒绝对这些活动之外的事实进行理解；在它那里有深刻的确定性，只有通过赋形才能被表达：在这种不想知道（Nicht-wissen-Wollen）和没有能力知道（Nicht-wissen-Können）之中，他遇见了终极，瞥见了真实的实体，抓住了当下现实中不存在的上帝。所以，反讽是小说的客观性。

"作者笔下人物的客观性到达了何等程度？"黑贝尔问，"到了人在与上帝的关系中完全自由的程度。"当一个神秘主义者舍弃了自己并完全献身给上帝时，他就是自由的；当一个人物像撒旦那样倨傲倔强（Trotz），在他自己那里并从他自己那里达到了完美时，他是自由的；当他出于他心灵的原因把所有的不彻底性从那个被他的堕落所掌握的世界中驱逐出去时，他就是自由的。标准的人已在他与上帝的关系那里得到了自由，因为他的行为和实体性伦理的崇高标准根植于完美无缺的上帝的存在之中，根植于救赎的理念之中；因为它们最深处的本质仍未被任何当下的统治者——无论是上帝还是精灵——所触及。但是，心灵或作品之中的标准的实现，不可能从它的底基，即（在历史哲学意义上的）当下现实中分离出去，而没有危及它的最本己的力量、它与对象根本的构成性的关系（Auftreten）。即使是超脱于已成形式的神灵概念之外、向往着体验最后的和唯一的神性的神秘主义者，即使他获得了这样的体验，他还是和他那个时代的当下的上帝相系；至于他的体验则变成了一部壮美的作品，它在被世界之钟的历史哲学立场所规定的范畴之中得以完成。这样，他的自由就服从于一个双向的、关于领域理论（sphärentheoretisch）的和历史哲学范畴的辩证法；它作为自由的最本己本质的那部分，即与救赎的构成性的关系，是无法表述的；但凡能被表述和能被赋形的，都言说着这种双重奴役的语言。

从言说走向沉默、从范畴走向本质、从神灵走向神性（über den Gott zur Gottheit），不可能飞跃而至，只能绕道而行：当历史的范畴没有充分发展之时，直接走向沉默只能适得其反地导致结巴。等到形式已经完美地造就而成，作者将自由地面对上帝；因为在这样的形式里，也只有在这样的形式里，上帝自己才会成为赋形的基底，并与一切其他被标准化地给予的形式的质料同质而等价，同时完全为它的范畴系统所包含：作者的定在及该定在的质量一方面由标准化关系所决定，这标准化关系作为一种赋形的可能而等待着被塑造；另一方面由价值所决定，该价值分派给作者，以便他用技术方式对作品进行建构和划分。但是，把上帝归于单个形式的"质料的真实性"（Materialechtheit）的技术概念，显示出艺术闭合（Schließen）的双面，也指明了它在形而上学意义上的重要作品次序中的真实地位：这样完美的技术的内在性和终极的超越的存在之间，有一个作为前提的根本关系，即创造现实的先验作品形式，只能在一个真实的超越在其内部成为内在的之时才能出现。一个空的内在性，只锚定在作者的体验里，而不同时锚定在他回往一切之物的家园的路上，这内在性仅是一个表面的内在性，这层表面掩盖了裂缝，但不能作为一面保持住这个内在性，而且，必然成为一个满身窟窿的表面。

对于小说，反讽存在于作者与上帝的自由关系之中，存在于赋形的客观性的先验条件之中。反讽，用直觉的双面的眼光看，可以看到圣灵所充满的地方（von Gott Erfüllte）正是被上帝所抛弃的世界；反讽看到了成为一种理想而失落的理念的乌托邦家园，同时，它又懂得这理想受到主观和心理的制约，因为那是存在之唯一可能的形式；反讽，自身是有精灵性的，反讽把主体之内的精灵理解为一个元主体性的本质，因此，当它述及迷失的心灵在一个非本质的空洞现实历险时，（觉察到而没有说出来）它直觉地述及了过去了的和即将到来的众神；反讽不得不在内部的痛苦旅程中寻找合适它的唯一世界，但是并不能发现它；反讽给造物主恶意的满足赋形，也就是人类对上帝强大然而毫无价值的劣质作品发起的所有虚弱的反抗均告失败，给上帝带来幸灾乐祸的满足，并且在同时，也给上帝的无以表述的痛苦赋形，因为上帝作为救世主却无力再进入那个世界。反讽，作为走到尽头的主观性的自我超越，是在没有上帝的世界中所能获得的最高自由。所以，它不仅是一个创造真实总体性的客观唯一可能的先天条件，而且，它把这总体性，提升为我们时代的典型艺术形式，因为小说的结构范畴建构性地登上了世界的看台。

第二部分

关于小说形式类型学的尝试

一　抽象的理想主义

上帝远离我们这个世界，这表现在心灵和作品的不和谐之中，表现在内心和冒险的不和谐之中，表现在人为努力的先验位置的缺失之中。这样的不和谐大致有两种表现方式：与一个被心灵当作其行为的看台或基底而被扬弃的外部世界相比，心灵要么过于逼仄，要么过于宽绰。

在第一种情况下，成问题的个人斗志旺盛地向外张扬，他的精灵性特征要比在第二种情况下明显得多，同时，他的内心问题却暴露得并不那么明显；一眼看去，他在现实面前的失败更像是一种纯粹的外部失败。心灵收缩（Verengerung）的精灵性是抽象的理想主义的精灵。这是一种信念，一种选择了直接而笔直地实现理想的道路的信念；这个信念在精灵之令人炫目的迷惑（Verblendung）中忘记了理想和理念之间的距离，忘记了心理和心灵之间的距离；这信念以其最真切最不可动摇的信条将应有的理念与该理念必然的生存联系起来，并把真实境况与这先天要求的不符看作它的着魔状态（Verzaubertsein），这种着魔状态是恶魔精灵施加的魔力所导致的，只有找到破解的咒语或英勇的斗士才能解除魔法，从而获得救赎。

这种人物类型的难题是由结构决定的,它在于内部难题的完全缺席,这应该归咎于先验空间感的完全缺席,以及把距离当作现实来体验的能力的完全缺席。阿基琉斯(Achilles)或奥德修斯(Odysseus)、但丁或阿朱纳(Arjuna)① ——只是因为他们走在由诸神指引的路上——都知道,这种指引终有一天会落空;而一旦没有这种帮助,他们就无法面对那些无比强大的对手,只能孤立无援、束手待毙。主客观世界的关系因此得到了充分的平衡:主人公会去正确地感受到他所面对的外部世界的优势;尽管有这种内心深处的谦恭,但他还是会在最后赢得胜利,因为世界的最高力量能指引他自身的弱小力量走向胜利;于是,不光是想象的力量和实际的力量相互呼应,而且,胜利与失败既不与世界的实际秩序相悖,也不与其应该存在的(seinsollende)秩序相悖。一旦缺少这本能的距离感——这种感觉非常强大,对于完整的生活内在性,对于史诗的"健康"有巨大的作用——主体世界和客体世界的关系就变得自相矛盾了;因为在史诗观照下的行动着的心灵在收缩,对于这个心灵而言,作为其行为源头的世界变得比它在实际情况中更为狭窄。但是,一方面,世界的变形以及由此产生的、仅仅指向变形的世界的一切,并不能触及外部世界的真正中心,另一方面,这种态度必然是纯主观的,因为它无法触动世界的本质,而仅仅提供它自己之扭曲的写照,因此,对于心灵的反应必然来自与它完全异质的其他源泉。所以,行为和对抗既没有量也没有质,既没有现实,也没有共

---

① 阿朱纳是印度古代梵文史诗《摩柯婆罗多》中的英雄。

通的客体的指向性。它们彼此的关系因此从来都不是一场真实的斗争,而只是荒唐可笑的擦肩而过,或是基于相互误解的同样荒唐可笑的相互撞击。这个荒唐的特征因为心灵的内容和张力,部分得到协调,部分则被加剧了。因为心灵的收缩就是由一个现存观念的精灵性狂迷(Besessensein)所产生出来的,它把这个观念设置成为唯一和日常的现实。因此,这个行动方式的内容和张力将心灵提升到了真实的崇高领域,同时又使臆想中的现实与真正的现实世界的荒唐冲突,即小说情节,在其荒诞的特性中得到了强化和巩固。这样,小说离散的异质本性就在这里得到了最大限度的提升:心灵领域和行动领域、心理学和情节都互不相干了。

此外,这两个原理中都不具备一个内在进步或发展的因素,它或者是内在于自身的,或者是从与他者的关系中发展出来的。心灵处于它所达到的某个地方,在问题之外的超越性存在之中安住;在它之中,不会出现促它超越自身并运动起来的怀疑、寻觅和绝望,那些为了在外部世界中实现它自身的荒唐的、徒劳的争斗并不能加害心灵:没有什么东西可以撼动它内心的明确性,因为它已经被封锁在这个被保障(gesichert)的世界中,因此不再能去体验什么了。彻底缺乏内在体验这个难题使心灵变成了纯粹的行动。因为在其根本的存在中,它无可触动地安住于自身之中,它的每一下波动(Regungen)都是朝向外部的行动。一个这样的人的生活因而也必然要成为一连串不间断的自我选择的冒险。他一头扎向冒险,因为生活对他不外乎就意味着去挺住冒险。他那没有问题的、经过凝聚的内心迫使他将那种在他看来是平常而普通的世界本质付诸实施;而在他的心灵这一方面,他不能进行任何内省,他缺乏一种能向内转向的行动的倾向或可能。他必须是一个冒险者。但是，这个世界、这个他必须选作他行动的看台的世界，却是一个奇怪的混合体，它由跟理念不沾边的欣欣向荣的有机体，以及同样理念下僵化了的传统所构成，这些理念在他的心灵中过着一种纯粹超越的生活。由此，就产生了他一方面是本能另一方面是意识形态（ideologisch）的行动的可能：他所发现的世界，不只充满了生活，也充满了那个生活的表象（Schein）①，这是存在于他之中的唯一具有本质性的生命力的事物。只要他一走近它，这个世界被误解的能力就可能使他以荒谬的紧张方式，与它发生南辕北辙（Vorbeihandeln）的关系：理念的表象在僵化了的理想的疯狂外表面前崩溃，于是，现存世界（seiender Welt）的真实本质、非理念的自我维持的有机生活就接受了配属给它的主宰一切的位置。

在这里，这种迷狂的非神性的、精灵性的特征暴露得再彰显不过了，同时，这种疯魔令人迷乱又令人神往的特征和神性是极为相似的：主人公的心灵静止不动，在自身中，如同一件艺术品或一尊

---

① "Schein"这个词很值得玩味。在后来的《存在与时间》中，海德格尔曾仔细辨析了它与现象等的关系，指出它是存在以其所不是的方式显现（参见［德］海德格尔《存在与时间》，陈嘉映等译，生活·读书·新知三联书店1987年版，第36—38页）。在题为"自然历史观念"的早期论文（1932）中，阿多诺曾通过对自然历史和第二自然概念的对比，指出"貌似"（即表象）实际上是被历史地生产出来的："神话的确定的超越要素即和解，就存在于貌似之中。……就是那个在世界最大程度地显现为貌似的任何地方显现出来的和解的要素：在世界同时被从所有'意义'中取出并最坚固地镶嵌起来的地方，和解的允诺被最完美地给予了。由此，我提示你们注意貌似自身中的原初历史的结构，在它的如在中，貌似证明自身是历史地被生产出来的，或者用传统哲学术语说，貌似是主客体辩证法的产物。第二自然在真理中就是第一自然。历史的辩证法不仅仅对被重新解释过的历史质料具有更新过的兴趣，更确切地说，它是历史质料把自己向着神秘之物和自然历史的转换。"（Adorno,"The Idea of Natural History", *Telos* 60, p.124.）

神像一般尽善尽美;但是,这个特性在外部世界中只能借助不充分的冒险表达自己,这些冒险在其自身中并没有一种可以推翻将自己如此狂热地封锁起来的力量的反作用力;它们如同艺术品一般的孤立不仅将心灵与每一个外部真实隔绝起来,而且将心灵与心灵内部一切未被精灵占据的领地隔绝起来。如此达到的意义的最大值也成了无意义的最大值,崇高就此转向了疯狂和偏执。这个心灵结构必须把可能的系列行动(Handlungsmasse)全部毁掉。即使由于这个内心的纯反思特性,它的外部真实世界完全未被触及,而只是在主人公的每一个行动中作为报复以"和它完全一样"(ganz so wie sie ist)的形式出现,但不管怎样,它都是一个同样完全懒散的、没有形式也没有意义的乌合之众(Masse),这个乌合之众完全缺乏进行有计划的和统一的对抗赛的能力,而主人公的魔性的冒险兴趣则从中任意地、随机地选取了一些用以证明自身的时刻。主人公心理上的坚强(Starrheit)和已碎化为一系列孤立冒险的系列行动就如此相互制约,并使这种小说类型的危险、坏的无限性和坏的抽象性得以完全明晰地显现。

《堂吉诃德》是这种小说类型的永恒的客观化,这不仅仅是因为塞万提斯的天才技巧——这种技巧克服了堂吉诃德心灵中的神性和疯狂以一种无法穿透的深刻而又清晰可感地交织在一起的方式所呈现出来的危险,而且也是因为他的作品得以被创造出来的历史哲学瞬间。《堂吉诃德》被看作是对骑士小说的戏仿,并且,它与骑士小说的关系已超出了论说文式的关系,这些都绝非历史的巧合。骑士小说曾一度屈服于每一种史诗的命运,在历史哲学辩证法的先验存在条件已然确立之后,它还试图通过纯粹形式的方式来维持一种形式并继续推进该形式；但是，它已经失去了先验存在的根基和不再能够发挥任何内在的功能的形式，这些形式已然枯萎并抽象化，因为它们用以创造对象（Gegenstandsschaffen）的力量已经由于自己的无对象（Gegenstandslosigkeit）而枯竭了；消遣读物因此取代了宏大的史诗。但是，在这种死亡了的形式的空壳背后，却也曾有过一种一度纯粹的伟大形式，虽然它也是一个成问题的形式：中世纪的骑士史诗。在这样一个时代里，上帝确保史诗的可能性，也要求史诗的诞生，但这种骑士史诗对于小说形式而言确实是一种非常奇怪的现象。彼岸生活的永存的神正论与此岸世界的分裂状态、标准的未完成状态以及它因为迷失和原罪所导致的等待救赎的堕落状态相对立，这就是基督教世界的巨大的自相矛盾。只有但丁在《神曲》的纯史诗形式中成功地把握住了这两个世界的总体性，而留在此岸的其他史诗诗人，只能让超越的东西不经触动地冻结在艺术的超越中，他们所能够创作的就只是那仅能感性地被把握和被寻觅但缺乏存在的意义内在性的生活总体性，即小说，而非史诗。这种小说的唯一性，它的梦幻的美和魔幻的典雅即在于这样一个事实：在它们之中的寻觅仅仅是一种对表象的寻觅，其主人公的每一次迷误都被一种不可捉摸的元形式的恩典（metaformellen Gnade）所引导、所保障，其失去了对象现实性的内部距离已然变为一种黑暗的美丽饰品，用以沟通距离的飞跃变成一种舞蹈般的姿态，距离与飞跃都成了纯粹的点缀要素。这些小说本质上无非是些规模庞大的童话，因为其中的超越性并没有被获取，并没有被转化为内在性，也没有被吸收进创造客体的先验形式之中，而只是凝固在其未曾稀释的超越性之中；只有它的影子装饰性地填满了此岸生活的缝隙和深渊，并将其生活的素材——由于每一个真正艺术品的动态的同质性——变成了同样由阴影织就的实体。而在荷马史诗中，纯粹的人的生活范畴的万能性（Allherrschaft）涵盖了人和神，并从中造就了纯粹的人类。在这里，不可捉摸的神性的原则用同样的万能力量统治着人类的生活，以及它走出自身（hinausweisend）和完善自身的需要，这种平实（Flächhaftigkeit）剥夺了人物的全部鲜明个性（Relief），将之变作了纯粹的表面性（Oberfläche）。

被完整塑造的宇宙的被保障的和圆整化的非理性，使得上帝透视着阴影精灵的东西显现出来：从生活的视角来看，他不能被理解，也不能被归类，因此不能以上帝的形象现身；因此，要是想效法但丁的作品——因为这些小说具有与此岸生活相关的赋形，把上帝作为发现并揭示总体存在的构成性统一体也是不可能的。《堂吉诃德》是作为反对骑士小说的论战和戏仿而出现的，当那些骑士小说失去了超越关系和信念之后，它们就在自己神秘的童话外表中变成了某种平庸肤浅的东西，除非它们能够像阿里奥斯托那样，将整个世界都变成一个反讽的美丽的纯粹游戏。塞万提斯对平庸肤浅的批评，引导我们再次找到了通往这个形式类型的历史哲学源泉的道路：观念之在主观层面上不可理解的但获得了客观保证的存在，已经被转变成一种主观上明确且被狂热地维持，但缺少客观关系的存在；因为展现他的素材尚不充分，上帝只能以精灵的形象现身，而在现实世界里也真的变成了精灵，在被天意抛弃了的、缺少先验的判定方向的世界里，精灵僭越了上帝的位置。他所意谓的那个世界与这个世界是一样的：过去的上帝把这个世界变成了危险却又神妙的魔法花园，恶魔则施展魔力把它——也只有它——变成了散文，如今的人们期盼怀着信仰的英雄人物（das glaubende Heldentum）把这世界再次变回神妙的花园；在童话世界里，这个人们为了保存（aufzuheben）善意的魔法行动而只能去严防的东西，现在变成了一个积极的行动，这个行动就是一场斗争，为了争夺一个定在存在着的、童话世界所热烈期盼的救赎语词。

在基督教的上帝离开世界之初，世界文学的第一部伟大小说就是这个状况；那时候，人已变得孤独，只有在其无以安家的心灵内部才能找到意义和实体；那时候，世界从它锚定在真实存在的彼岸的悖谬基地中挣脱出来，其内在的无意义也因此暴露无遗；那时候，存在着的事物的力量——过去因为乌托邦的联系而被加强，但如今却退化为单纯的存在——变得空前巨大，正引发一场雷霆万钧、乍看却似乎漫无目的的斗争，用以反对那正在上升的、尚不能把握的且无力自我暴露和向世界渗透的力量。塞万提斯生活在最后的、伟大而且是令人绝望的神秘主义的时代，在这个时代里，一个正在沉沦的宗教正试图由自身重新发起一场狂热的尝试；在这个时代里，神秘的形式中涌现出了对世界的全新认识；这是那真正被体验过但现在已经失去目标且正努力找寻着的、实验性的、秘传奋斗（okkulten Bestrebungen）的最后一个阶段。这是精灵性被释放的时代，是现行的价值体系里产生巨大的价值迷茫的时代。塞万提斯，这位虔诚的基督徒、率真而忠诚的爱国者，塑造出了精灵性难题的最深刻本质：当通往先验家园的路不再畅通之时，最纯粹的英雄主义必然会变得荒诞不经，最坚定的信念也必然会变成疯狂——现实不必再与最真的或最具英雄气概的主体性明证（Evidenz）相符。这是历史进程的深刻的忧郁，是时间流逝的深刻的忧郁，这忧郁源自这样的事实：在永恒的内容和永恒的态度的时代结束之后，它们也失去了自己的意义；时间是可以越过永恒的。这是内心针对外部生活的散文化的卑劣而进行的第一次伟大斗争，也是唯一一次斗争，内心不仅未受玷污地从斗争中走出，而且将其胜利的但也是自我讽刺的诗意光环笼罩在它屡战屡胜的对手周围。

和几乎所有真正伟大的小说一样，《堂吉诃德》必须成为它的类型的唯一一个重要的客体化。诗歌和反讽的一体化、崇高和荒诞的一体化、神性和偏执狂的一体化，与当时所发现的精神状态如此紧密地联系在一起，以致精神结构的同样类型必须以其他方式来显现自己，而永不再有同样的史诗意义。继承了《堂吉诃德》纯粹的艺术形式的历险小说如同与它最近的前辈即骑士小说一样，失去了理念。它们也失去了唯一富有成果的张力——先验的张力，或者被一种纯粹的社会张力所取代，或者变成了一种为冒险而冒险的情节的运动原则。在这两种情况下，尽管这些作者也确实拥有杰出的天才，但都无法躲避那终极的平庸肤浅，无法躲避伟大小说向着娱乐文学越来越近的靠拢，以致最后完全融为一体。世界越来越趋于散文化，活跃的精灵淡出世界，放弃了沉闷的抵抗，把战斗的竞技舞台留给了没有形式感的大众（Masse），心灵魔性的自我狭窄因此面临着两难境地：要么放弃与"生活"整体的全部关系，要么放弃真实理念世界里的直接根基。

德国观念主义的伟大戏剧走的是第一条路。抽象的观念主义甚至失去了与生活还不充分的关系；为了从它的主观性中抽身而出，为了在斗争和失败中证明自己，它需要戏剧的纯本质领域：对于内心和世界来说，它们的互不理解如此之大，以致已被塑造成一种总体性的形式，那是特地为融合两者而设计和建构的戏剧现实的总体性。克莱斯特①的小说《米歇尔·科尔哈斯》（*Michael Kohlhaas*）是一部重要的实验性艺术作品，它表明，在当时的世界局势下，主人公的心理是多么需要向纯粹的个人病理转变，史诗形式是多么需要向着小说形式转变。和在所有戏剧的赋形中一样，在这样的形式中深刻地融为一体的高雅庄严和滑稽荒诞都消失了，取而代之的是一种纯粹的高雅庄严：偏执愈演愈烈，抽象被过分拔高——观念主义必然越来越淡薄、总体上越来越空洞无物，以致人物形象完全滑到不由自主的喜剧的边缘，而欲将之作反讽处理的最小的尝试则必须抛弃这种高雅庄严，将之变成并非可喜的、滑稽的人物。布兰特②、斯托克曼（Stockmann）和格雷格（Greger）的作品都是该类型的耸人视听之作。因此，堂吉诃德的真正子孙，波萨（Posa）侯爵③过着一种形式上完全不同于其先辈的生活，尽管这两颗心灵如此接近，但是它们的艺术命运问题再也无任何共同之处了。

如果心灵的收缩是纯粹的心理现象，如果它失去了和理念世界的存在的所有看得见的关系，那么，它就不能成为史诗总体性的支撑性中心点；人与外部世界的不和谐关系的紧张程度进一步加剧了，但是，在这个事实的不和谐之上，即在《堂吉诃德》中仅表现为一个被持续要求的应有和谐的荒诞对反之上，又加上了观念上的

---

① 克莱斯特（Heinrich Von Kleist，1777—1811）被认为是 19 世纪第一个伟大的德国剧作家。法国和德国的现实主义、表现主义、民族主义及存在主义运动的诗人都奉他为楷模。
② 布兰特（Sebastian Brant，1457—1521）是德国讽刺作家、人文主义者，其诗体讽刺作品《愚人颂》对人们的愚蠢行为进行了尖锐的讽刺。
③ 席勒 1787 年发表的戏剧《堂·卡洛斯》里的人物。

不和谐；接触成了次要的，与此相关联的人也必然成了配角，他装扮总体性，帮助扩建总体性，但一直只是砖石，而非中心点。从艺术上讲，在这种状况下产生的危险在于，这种现在要寻找的中心必须是有价值的和生命的内在固有的，而不是超越性的。先验态度的变化所引发的艺术后果是，幽默的源泉与散文和崇高的源泉并非同出一类。被塑造成荒诞的人们要么被贬低为无害的喜剧人物，要么，他们心灵的收缩——那是他们向着一个定在点的消灭一切的集中，而这个点不再与理念世界有任何联系，只是把他们变成了纯粹的精灵；不管进行怎样幽默化的处理，他们还是被变成了蹩脚原则或纯粹无理念的代表。这种在艺术上极为重要的人物的反面性需要一个正面的平衡物（Gegengewicht），并且，这也是现代幽默小说的一大不幸，即这样的"正面"只是一个市民式体面形象的客观化。与理念世界的这种"正面"的真实关系会破坏生活中的内在性，进而破坏小说的形式；即使塞万提斯（包括他的后来者斯特恩）也只能通过高雅庄严和幽默的一体化，从心灵的收缩和与超越的关系中创造内在性。这就能从艺术的角度说明，为什么不乏幽默人物的狄更斯（Dickens）的小说，其最后结局会显得如此平庸和老气横秋。他塑造的主人公必然是这样的理想类型：他们放弃了那个时代的市民社会内在人性的冲突，同时为了诗歌的效果，而不得不给这里所要求的特征围上靠不住的、牵强的、不充分的诗歌的光芒。可能出于同样的原因，果戈理（Gogol）的《死魂灵》（*Tote Seelen*）不得不始终是一个断片；从艺术上看，乞乞可夫（Chichikov）是一个非常饱满、刻画很出色的人物，可他是一个"反面"形象，从一开始就不可能给他找出一个"正面"的平衡对象;为了创造一个真实的总体性,即果戈理的叙事观念所要求的总体性,这样的平衡是必不可少的:没有这个平衡,他的小说就不能达到叙事的客观性和叙事的真实性,就仍然只有一个主观的视角,只能是一篇讽刺小品文或者一本小册子。

只有当外部世界变得平常起来,一切正面的和反面的、幽默的和诗性的东西才能在这个惯常的领域内上演。精灵性的幽默无非是对习俗某些方面的扭曲夸大,或者是对其内在固有的因此仍旧还是平常的否定或斗争;这个"正面"是对它的一种接受,是在被惯常准确定义的界限内的有机生活的假象。在这里,我们不要把历史哲学唯物主义(geschichtsphilosophisch-materiell)所决定的现代幽默小说的日常性(Konventionalität),和形式所要求的、在喜剧中因而具有永恒意义的日常性混淆起来。在后者那里,社会生活的平常形式只是戏剧本质领域里极其圆融(intensiv gerundeten)的形式上的象征性收尾。就像在悲剧结束之时主人公要死去一样,除了已经暴露的伪君子和惯犯,一切主要人物的相互婚配就成了伟大喜剧的结局,这也是纯粹的象征性仪式:两者无非都是醒目地标示了边界的路标和戏剧形式的雕塑本质所要求的清晰的草图。这说明,随着生活和叙事诗中的日常性势力的增强,喜剧的结局变得越来越非日常。《破瓮记》(*Der zerbrochene Krung*)和《钦差大臣》(*Revisor*)还能应用揭露的旧形式,但《巴黎女子》(*Parisienne*)——更不必说豪普特曼(Hauptmann)或萧伯纳的喜剧了——则和同时代的悲剧一样,没有轮廓,也没有完结,都不以主人公的死亡为结局。

巴尔扎克选择了一条完全不同的路,这条路通往纯叙事的内在性。但需要说明的是,对他而言,主体心理的精灵是地道的最终现实：他是每一个本质的、在叙事行为中客观化的、人的行动的原则；他与客观世界的不充分的关系得到了最大程度的强化，然而，这种强化却遭受到了一个纯内在固有性的迎头一击：外部世界是一个纯人类的世界，在这里落户的人们大体上都拥有类似的精神结构，虽然方向和内容各不相同。这样一来，精灵性的不充分性、不计其数的事件（在这些事件中心灵间的互不理解具有决定命运的性质）就成了现实的本质；于是产生了奇怪的、无边无尽的、漫无头绪的命运和孤独灵魂的杂乱交织，这样的交织构成了巴尔扎克小说独一无二的特征。由于这种素材荒谬的同质性——这样的同质性产生于其要素的极端异质性，意义的内在性便得到了拯救。通过小说中事件的高度集中以及集中所达到的真实的叙事意义，一个抽象的、坏的无限性的危险便被抛弃了。

形式的最终胜利只是一切单个短篇小说的胜利，这并没有为整部《人间喜剧》（*Comédie humaine*）赢得胜利。确实，这种胜利的前提在于作品包罗万象的素材的高度统一。这个统一体不仅通过短篇小说无限混乱与个别人物的一再浮沉得以实现，而且采用了一种完全适用于这个素材的最内在本质的表现方式：杂乱的、精灵性的非理性；填充这个统一体的内容是真正的伟大叙事文学的内容：世界的总体性。但是，这个统一体直到最后也没有从形式中纯粹地诞生出来；让总体真正地成为总体的，只不过是对一个共同生活基础合乎情绪的体验和这样一个认识，即这样的体验是建立在今天的生活本质的基础之上的。只有细节是以叙事的方式被赋形的，整体则是被拼合起来的；在每个部分中被克服的坏的无限性，向统一的叙事赋形发起了攻击；它的总体性所依赖的原则，是超越于史诗形式的，因为这个总体性是建立在情绪和认识，而不是情节和主人公的基础之上，所以没有实现成为自为的完全和圆整。从整体上看，没有任何部分具有一个真实而有机的存在必然性，如果它不在场，整体也不会受损，因为无数个新的部分还会加入进来，没有什么内部完整性能够证明它们是多余的而加以排斥。这个总体性是对生活关联的觉察，这个关联可以在每个单篇的短篇小说之后，作为阔大的抒情背景被感觉到；它不会变成难题，也不会只有通过重大的战斗才能被赢得，如同长篇小说里的背景一样，它完全是——以其抒情的、超越了叙事的本质的方式——素朴的、非问题的，但是，使它不足以成就小说总体性的事物，同样不能使它的世界成就为史诗。

这种静止的心理是所有赋形尝试所共同具有的普遍特征，心灵的收缩是一个抽象的无法改变的先天条件。所以，自然而然地，具有心理运动力和心理解决趋向的19世纪小说越来越远离这种类型，并从相反方向去探索心灵与现实格格不入、截然对立的原因。只有一部巨制的长篇小说，即彭托皮丹的《快乐的汉斯》表现出了一种企图把心灵的结构置于中心位置并于运动和发展之中对它进行描写的尝试。通过这种提问产生了一种全新的编排方式：出发点，也就是主体与超越性本质之完全稳固的联结状态（Gebundensein）成了最终目标，心灵的精灵性趋势变成了真实的趋势，前者把但凡不符合这种先天性的事物完全分开了。在《堂吉诃德》中，所有冒险的原因都是主人公的内在安稳感和它们所面对世界的不充分态度，所以，有一个正面的、运动着的角色归属了精灵，在这里原因和目的的统一体都隐蔽起来了，心灵和现实的不相符变得令人迷惑不解，主人公必须放下他所得的一切，因为那不是势之必需，比较起心灵为之寻觅的事物，他的所得显得更加宽广、经验性更强、更加逼近生活，于是，心灵的精灵性收缩就只能以消极的方式表现出来。生活循环的完成是在不同方式下周而复始的冒险，这些冒险都向着总体性涵盖一切的中心点伸展过去，而此处的生活运动则有了一个鲜明的、准确的方向：向着心灵的自我净化走去，这颗心灵已经从自己的冒险中了解到，只有它自己——严格地局限在自身内部——才符合它最深刻的、宰制一切的本能；对现实的每个胜利都是心灵的失败，因为这胜利总是使心灵陷入困境，陷入与本质的异化之中，直至没落；放弃每个被征服的现实片段事实上都是一场胜利，都是朝脱离幻想的自我征服迈出的一步。因此，彭托皮丹的反讽就在于，他让他的主人公到处旗开得胜，但是，一种精灵性的力量却迫使他把他所有的胜利都看成是毫无价值的和可有可无的，因此刚得到胜利成果，他就立刻弃之如敝屣。这个奇怪的内部张力的形成应归结于这样的事实：这个反面的精灵的意义直到最后，直到主人公决定放弃之时才能够真相大白，以便将清晰的回顾的意义的内在性赋予他的全部生活。这个结局愈来愈清晰的超越性与它和心灵在这里的明朗化的先定和谐，把必然的光影投向了每个过去了的迷失，从结尾来看，心灵和世界之间的动态关系颠倒了；仿佛主人公还是原来的那个，还像原来那样不动声色地静观事件与他擦肩而过；好像整个情节只存在于揭开那掩盖心灵的面纱。心理的动态特性仅被揭示为外表的动态，但它——此处可以看出彭托皮丹的精湛技艺——是随着运动的表象，通过一个生机勃勃的、活跃的生活总体性来完成这个旅程的。由此，这就成就了该作品在林林总总的现代小说中的卓越的地位；它对那些让人想起过去小说情节标准的严格坚持，它对单纯心理的节制，以及在情绪方面这部小说结尾处让人感受到的绝望，与其他同时代作品之令人失望的浪漫主义之间都存在着巨大跨度。

二　幻灭的浪漫主义

　　对于19世纪的小说而言，心灵与现实之间的另一种必然不充分的关系变得更为重要了：由于心灵较之生活所提供给它的命运更为宽广，才出现了这种不匹配。由此产生的最根本的结构差别，并不在于生活表面的一个抽象的先天状况，这个先天状况能够在行动中得以实现，而它与外部世界的冲突则形成了寓言；并且，一个或多或少完成了的、内容丰富的、纯粹内在的现实与外部现实构成了竞争，它拥有属于自己的、丰富的、活跃的生活，这种生活在本能的自我保护中把自己视为唯一真实的现实和世界的精粹，它在将这两者等同起来的尝试中所经历的失败就成了作品的题材。这里是面对外部世界的具体的、质量上的和内容上的先天状况，是二元世界的斗争，而根本不是现实与先天状况的斗争。内心与世界的分歧由此加剧了。内心像宇宙那样的宽广使它安住自身，乐天知命：抽象观念主义为了生存而把自己化作行动——此行动与外部世界必然构成了冲突，它似乎从一开始就无处可逃了。因为，一个能够从自身中产生出其一切内容的生活，即使它从来没有触及外部的陌生现实，也能够是完满的和圆整的。因此，当一个过量的、面向外部世界的、无法阻挡的活动成为抽象观念主义的心理结构的标识时，就留下了一个更消极的趋势：这是一个宁可逃避外在的冲突和斗争而不愿接受它们的趋势，一个只愿意在心灵内部解决所有跟心灵相关的一切问题的趋势。

当然，这种小说形式的关键难题就存在于这种可能性之中，叙事的象征消失了，形式化解为模糊的、未被赋形的、前后相继的情绪以及对情绪的反思，心理分析替代了感性塑造的寓言。尽管符合两者的具体情况，但与内心发生接触的外部世界还是完全遭受破坏或者变得失去了定形，被褫夺了一切意义，因此，这个难题还将进一步被强化。这是一个完全被传统所支配的世界，是第二自然概念得到真正实现的世界：是非感性的法则的化身，在这里，法则无法由自身出发找到与心灵的关系。这样，由社会生活所形成的一切客观化势必失去对于心灵的任何意义。即使是其矛盾的意义，在作为事件必需的舞台和具象化（Versinnlichung）中，和在最后的本质核心的无意义中，也都无法保留；个人的天职（Beruf）失去了从其内在命运看来是重要的意义；婚姻、家庭和阶级失去了他们之间的命运的重要意义。如果没有对骑士阶层这一身份的归属感，堂吉诃德是不可想象的，如果没有敬拜吟游诗人（Troubadoure）这一传统，他的迷恋也是不可想象的；在《人间喜剧》中，所有人的精灵性的疯狂都集中于也客观地体现于社会生活的构造物中，即使在彭托皮丹的小说中，心灵被揭示为了非本质的东西，与此有关的斗争——认识到它们的无意义并努力地去拒绝它们——也充满了作品的情节和主人公的生活过程。但在这里，一切这样的关系从一开始就不存在了。因为内心向着一个完全自立世界的超越已不仅是一个心灵的事实，而且是一个对现实具有决定性意义的价值判断：这个主体性的自我满足是它最绝望的自卫，而放弃了旨在外在于心灵的世界达成自我实现的斗争，因为这个斗争已被看作先天的无望和屈辱。

这个观点的抒情性得到如此巨大的提升，以致它不再能够作出纯抒情的表达。因为抒情的主体性已为了它的象征物而征服了外部世界；即使这是一个自我完成的世界，它也只是一个唯一可能的世界，作为内心，它不会以论战的拒绝方式与它所归属的外部世界相对，也从来不会为了忘记这些而躲藏进自身，相反，它会以征服者的姿态任意地从这个原子化的混乱中取出碎片并把它们——让人忘记所有的起源——融合进一个新诞生的纯内心的抒情宇宙。虽然这个叙事的内心还总是反思的，但它以一种有意识的、大跨度的方式实现了自己，而与纯叙事诗之朴素的无距离截然相反。因此，它的表达手段是第二性的：情绪和反思；尽管表面上相像，但这些表达手段与纯粹抒情诗的本质并没有什么关系。确实，情绪和反思是小说形式的根本结构元素，它的形式意义是这样被确定的：作为整个现实的基础的、在它们内部发挥调节作用的理念体系能够被显现出来，并由于它的介入，赋形才得以完成；这也就是说，它们与外部世界拥有一种积极的却也是问题重重的矛盾关系。当它们成为自己的目的之后，其非诗的和毁灭形式的特性就变得格外明显而必然显露出来了。

这个美学问题归根结底是一个伦理问题：可以用艺术解决该问题，因此这一点能够——根据小说的形式法则——成为克服由它引起的伦理难题的前提。内部现实是否优于外部现实，或反之，这种等级问题是乌托邦式的伦理问题；在多大程度上能够想象一个更美好的世界，这个问题是可在伦理上自洽其说的，因此，在生活赋形的出发点上，在何种程度上可以建立一种自在圆融的生活，这个问题并不像哈曼①所说的那样因内部产生裂痕而无法自然结束。从叙事形式的观点出发，可以这样提问：对现实的这种彻底纠正是否能够付诸实施？——这些行动不管外部的成功与否，都成功地证明了个人的自我专断（Selbstherrlichkeit）的权利，而且不累及驱使这些行动的思想观点纯艺术地创造一个现实，即便这个现实至少比现存的世界更加符合那种梦想的世界，但这仍是一种不切实际的解决方案。如果心灵绝对不能满足于当前的精神状态，即是说，不能在任何不能被想象被赋形的世界中——无论是过去的、现在的还是神话的——得到满足，那么，心灵的这个乌托邦渴念就是一个合法的愿望，它就此有足够的资格成为世界的中心。如果世界确实能满足这个愿望，这就证明：对当前的不满就只能是一种对其外部形式的艺术的吹毛求疵，是对时代的美学渴望，这样的时代能够绘制比今天更为气势恢宏的线条和更加灿烂的色彩。这个向往也自然是可以实现的，但是，这种实现反映出的不过是它在赋形的理念失落之中的内在空虚，就如同瓦尔特·司各特②精彩叙述的小说里所显现的一样。否则，对当下的逃避就丝毫无助于解决这个决定性的问题；

---

① 哈曼（Johann Georg Hamann，1730—1788）是康德的友人。他早年漫游欧陆、英国，后返回家乡哥尼斯堡教古代语言，信仰虔敬主义，认为真理必然是理性、信仰和经验的统一，理性不可靠，要解决哲学难题，只能以赤子之心相信上帝。他对赫尔德、歌德、雅各比都有影响。
② 瓦尔特·司各特（Walter Scott，1771—1832）是英国小说家，历史小说的首创者。

在这个雄伟的或者装饰性的、被疏远了的赋形之中,同样的问题——往往是在姿态和心灵之间、外部的天命(Geschick)和内部的宿命(Schicksal)之间所创造出来的深刻的、艺术上难以消解的不和谐——便明朗化了。当然,《萨兰玻》(*Salammbô*)或迈耶尔①散文故事风格的小说是典型的范例。这个美学问题,即将情绪和反思、抒情和心理转化为纯叙事的表达手段,便因此集中在基本的伦理问题上,集中在必然行动和可能行动的关系问题上。就其本质而言,这种人物类型的心灵结构是沉思的,而非行动的:他的叙事赋形就因此面临这样一个问题,即如何把退缩到内心自身或者犹豫不决的狂想的行为付诸实现;而艺术家们的任务也就在于通过赋形去揭示这类人物底定在和如在(Sosein)与他的必然失败的那个结合点。

事先决定了这个失败的是纯叙事赋形问题上的另一种客观障碍,即对事件的主观抒情态度而非对规范叙事的接受与再现的态度的危险性,如果其命运是被预先规定的,那么,不管这种命运的规定是被肯定还是被否定、人们是为之痛哭还是为之讥笑,其危险都更切近于斗争结果没有被事先决定的那些情况。承载着并供养着这种抒情风格(Lyrismus)的情绪是幻灭的浪漫主义(Deillusionsromantik)的情绪。应然对与现实生活相对的理想生活存有过高的、过分的热切向往,而最终会绝望地认识到这种向往注定是徒劳的;这是一个一开始就怀着负疚和一定会失败的确信的乌托邦;这种确信的决定性因素就在

---

① 迈耶尔(Conrad Ferdnand Meyer,1825—1898)是19世纪瑞士的重要作家,著有诗歌《胡腾的末日》《恩格尔贝格》和其他一些中篇小说。

于和这种良知之不可分割的联系;很明显,这个失败是它自己的内部结构的必然结果,即使它有最好的本质和最高的价值,但也被判了死刑。所以,这个观点对于主人公和外部世界来说都是抒情性的:由爱和诉怨、哀伤、同情和嘲讽复合而成。

个人的内在重要意义已经达到了历史性的峰值:它不再像抽象的观念主义那样是作为超越性世界的载体才具有意义的,而是就将价值承载于己身,存在的价值似乎只有从其主体的体验、从其对于个人心灵的意义中,才能获得其效力的合法性。

> 如果你欲寻觅规律的方舟是空的,
> 只有舞蹈是真实的:
> 她没有目标,永远不会沉沦,
> 只是为了黄沙、为了天空而起舞。
>
> 昂利·弗兰克

> Si l'arche est vide oú tu pensais trouver ta loi;
> Rien n'est réel que la danse:
> Puisqu' elle n'a pas d'objet, elle est impérissable.
> Danse pour le désert et danse pour pour l'espace.
>
> Henry Franck

主体的这种无止境的提升的前提和代价是放弃塑造外部世界的任何一种功用。这种幻灭的浪漫主义不仅在历史和时间维度上紧随抽象的观念主义,而且在概念方面也是后者的继承者,因为它在历史—哲学方面紧随后者的先天乌托邦主义:在前者那里,承载着乌托邦对现实的要求的个人受到现实粗暴力量的压制；这里的失败是主体性的前提。在前者那里，内心之好战的英雄主义从主体性中成长起来了；在后者这里，因为有与诗人类似的体验和生活形象的内部可能性，所以，人就有能力成为英雄，有能力成为文学作品的中心人物。在前者那里，外部世界必须以理想世界为蓝本重新创造；而在后者这里，一个在文学作品中自我完善的内心世界则要求外部世界必须为自己奉献自我赋形的合适素材。在浪漫主义那里，与现实相对的每个先天状况的诗性特点都是可以被意识到的：被超越性切断的自我认识到自己是一切应然的源泉——作为必然的后果——也是自我实现的唯一适合的素材。因为生活变成了文学作品，所以，人也同样成了他自己生活的诗人，同时也是这个作为艺术作品的生活的观众。这种两面性只能被抒情地赋形。一旦它被安放进一个关联着的总体性，这个失败的必然性就再明显不过了：浪漫主义对自己和世界变得怀疑、失望、而残酷——这种有浪漫生活感情的小说就是幻灭小说（Desillusionsdichtung）。每一条自我实现的道路对于那种内在性都已经失败，内在性在内部积蓄，却不能最终放弃它已经永远失去的东西；纵然它有这样的愿望，生活也会阻止这成为现实：生活迫使它继续斗争，承受诗人所预见的、主人公所感受到的、不可避免的失败。

从这一事态中形成了在一切方向上都无节制的浪漫。纯心灵的内部财富无节制地向唯一的本真性攀升，并且以同样无节制的无情在世界的整体中显示出其定在的无意义；心灵孤独化，支撑和联系均被切除，而且已经到了无节制的程度，同时，心灵对这个世界态势的依赖状况也被无情地照亮。从布局的角度看，它是向着连续体的最大程度的努力,因为只有在未被任何外界因素打破的主体性中,这样的存在才是可能的;现实破裂为互相完全异质的碎片,这些碎片即使在孤独的状态下,也不像《堂吉诃德》中的冒险那样具有定在之感性的和独立的化合价。所有的片段都倚靠一种它们正在经历的情绪的恩宠方得以存在,但是,这同样的情绪也在它们所反映的虚无(Nichtigkeit)的整体中被揭示出来。于是,这里的一切都必须被否定,因为每个肯定都将否定力量的不稳定平衡消解了:对世界的肯定只会给那些没头脑的市侩之徒和了无生趣的墨守陈规作辩护,而他们只知道麻木不仁地满足于现状,就此形成的讽刺作品也自然是廉价的和油滑的;对浪漫主义内心世界确凿无疑的肯定必然会导致对抒情的心理化之无形式的、虚荣的自我照镜式的、轻佻的膜拜的沉迷(Schwegeln)。但是,两种世界构态的原则相互过于敌对、过于异质性,因此不能像拥有转向史诗的先验化可能的小说那样同时得到认可;赋形的唯一办法是对两者都要否定,这样也更新和隐藏了这种类型的小说的基本危险:形式自我解体为一种令人沮丧的悲观主义。作为表达手段而盛行的心理描写必然产生这样的后果:这个事态(Sachlage)的纯艺术方面的两个必然结果,一是每一个具有无前提的良知的人(voraussetzungslos-gewissen)的价值被分化瓦解,并被揭示出其最终的虚无性;二是情绪必然地全面主宰世界,也就是说,虚弱的哀伤主宰了一个从自身来说无本质的、只是在其溃烂表面拥有无效而单调的光芒的世界。

任何一种形式都应该多少有些肯定的成分,以便于获得作为形式的实体。小说的矛盾性质因为这样一个事实,即最贴近地符合其形式要求(对于该要求,小说是唯一合适的形式)的世界局势和人的类型将几乎不能解决的难题放置在了赋形任务之前,而得到了巨大的质疑。雅各布森①的幻灭小说以奇异的抒情意象,传达出这样一种悲哀:"世界上竟有如此多的无意义的精美",但它跌落并粉碎了;作者尝试着在《尼尔斯·伦奈》(*Niels Lyhne*)的英雄的无神论中,在他对其必然的孤独的大胆接受中,发现一种绝望的肯定性(Positivität),但这个尝试显得就好像是从实际作品之外牵强地找来的外援。因为这生活本应成为文学作品,实际上却化作了糟糕的碎片,并在赋形的过程中变成了堆积如山的残骸;幻灭的残酷性只能使气氛的抒情贬值,但不能赋予人物和事件以实体和定在的重要性。在奢侈逸乐和痛苦之间,在哀伤和骄傲之间,小说成了一种美丽而朦胧的混合体,而非统一体;它是一系列的意象和角度,但不是生活的总体性。冈察洛夫(Gontscharow)试图通过引入一名正面的对照人物来将奥勃洛摩夫(Oblomow)——一个极其出色、正当而富有深意的人物形象——放置进一个总体性中去,却同样失败了。作者为这类人物的惰性徒劳地找出了一个在感观上有巨大冲击力的画面,那就是奥勃洛摩夫似乎永久无助地躺卧在病榻上。面对奥勃洛摩夫的悲剧的深刻性,即奥勃洛摩夫最内在的体验是如此直接,他在经历最内在的东西,但是,只要当他面向外部现实的哪怕最微末的表现时,也必然会招致可悲的失败;面对如上这些,他强大的朋友斯托尔兹(Stolz)胜利的快乐变得平庸而琐碎,斯托尔兹同时拥有足够的力量和影响力,他恰好又将奥勃洛摩夫的命运反衬

---

① 雅各布森(Jens Peter Jacobsen,1847—1885)是丹麦小说家、诗人,丹麦自然主义运动的倡导者和最著名的代表。下面提及的《尼尔斯·伦奈》是他的一部小说,讲述一个人在为寻求人生真谛的斗争中最终一事无成的故事。

得微不足道；内心和外部的这种异质性所产生的令人震惊的滑稽，通过奥勃洛摩夫的长期卧病在床得到了表现，随着小说行动的展开，也就是斯托尔兹尝试着要对奥勃洛摩夫施加的教育行动及其失败，它越来越失去了创造深度和广度，奥勃洛摩夫的悲喜剧命运越来越被贬低为从一个一开始就注定要失败的人的命运。

理念和现实之间最大的差异是时间：作为绵延的时间的流程。主体性之最深刻、耻辱最大的无能感，并不在于它与无理念的构造物及其人类代表的徒劳斗争，而是在于它不能抵挡滞重但持续的时间的流程，在于它必须从艰难登顶的高峰缓慢而无可遏制地下滑，在于时间——这不可理喻的、在无形之中运动不止的实体——逐渐夺走了主体所拥有的一切，并且在不觉中将陌生的内容强加于它。所以，只有小说，这种理念的先验无家可归状态的文学形式，把真实的时间，也就是柏格森的"绵延"概念吸收进了它建构性的原则中。我在另外的相关专著①中曾指出过，戏剧没有时间概念，因为每一出戏都得遵循三一律，如果三一律被正确理解的话，时间这个因素就意味着时间从其流程中被超拔出来。在史诗中，这种时间的延续显然是存在的，关于这一点我们可以想想《伊利亚特》的十年和《奥德赛》的十年。但是，这种时间缺乏现实和真实的延续的程度，和戏剧里时间对现实和真实的延续的缺少程度是一样的；人物和命运都没有被时间触动；这种时间没有自己的动态

---

① 指《现代戏剧发展史》(*A modern drama fejlödésének története*) 第二卷，布达佩斯，1912年版。序章曾被改写成《现代戏剧社会学》(*Zur Soziologie des modernen Dramas*) 发表在《社会科学和社会政治学档案》(*Archiv fur Sozialwissenschaft und Sozialpolitik*) XXXVIII (1914) 上，请特别参见第303页及以后几页、第660页及以后几页。

(Bewegtheit),它的作用仅仅在于以明了的方式表达一个行动的规模或一种张力的大小。为使听众能体验到,特洛伊的陷落和奥德修斯的漫游意味着什么,将那些年代展现出来就显得十分有必要了,这就像将数量庞大的斗士和奥德修斯漂泊经过的辽阔地域展现出来一样有必要。然而,史诗中的那些英雄并不在文学作品中体验时间,时间也不影响其内心的变化或无变化;他们的年龄被吸收进他们的性格之中,这就如同描写内斯托尔(Nestor)年迈、海伦(Helena)美丽绝伦、阿伽门农(Agamemenon)强壮有力一样。史诗中的人物当然都知道生活中生老病死的痛苦,但那仅仅是知道而已;他们所经历的事情和他们历事的方式,都有诸神世界中极乐的无时间性特征(Zeitentrücktheit)。照歌德和席勒的看法,对史诗的标准态度应该是采取面对已经成为过去的事物的态度;所以,这里所设定的时间是静止的,可以在一瞥之间就尽收眼底。史诗作者和他笔下的人物可以在这时间之中向着任何方向自由移动,它和所有的空间一样,有多种维度,但就是没有方向。用古尔纳曼兹(Gurnemanz)的话说,歌德和席勒所确定的戏剧的标准现时性,将时间变成了空间,只有彻底迷失了方向的现代文学才提出了这样一个不可能完成的任务:用戏剧的手段去表现渐进的发展和时间流程。

只有当时间与先验家乡的联系终止时,时间才是决定性的。如同迷狂把神秘主义者提升到一个领域,在这个领域中,所有的时间段和时间的流动都已消失,仅仅由于生物有机体的局限性,他必须从这个领域回落到时间世界之中,因此,内在可见的、与本质紧密相联的所有形式都可以创造一个先天地取消了这种必然性的宇宙。

只有在小说当中，由于小说的素材决定了它必须去探寻本质并且总也无法找到本质，时间才和形式被安置到了一起：时间是生命有机体对当下意义的反抗，是生活将自己完全封闭在自有的内在性中的愿望。在史诗中，生活的内在性的意义如此强大，以致它超脱了时间：生活作为生活进入了永恒，有机体从时间中截留下了繁华，而枯萎和死亡则都被遗忘，并被彻底抛弃。而在小说中，意义和生活被截然两分，于是，本质的东西也就和有朽的东西分隔开来；我们差不多可以这样说，小说的整个内部情节无非是一场针对时间权力（Macht der Zeit）的争斗。在幻灭的浪漫主义那里，时间是蜕化的原则：诗歌、本质的东西必须消亡，要为这种最终的久病不起负责的就是时间。因而在这样的小说中，所有的价值都只归于失败的主人公一边，这仅仅是因为只有他在沉沦之中，只有他被赋予了凋谢着的年轻人的性情，而一切的粗劣和缺失理念的严酷则完全归属了时间。作为面对获胜暴力的单方面抒情斗争的事后纠正，自我反讽的矛头指向了正在沉没的本质：在一个崭新的、现在十分猥琐的意义中，它又一次获得了青年人的特征，即理想只对于心灵的不成熟状态才显出其根本性。然而，一旦在这个斗争中价值和非价值被争斗的双方泾渭分明地区分开来，那么，小说的整体结构就一定会走样。除非形式能够先天地从其领域中把生活的原则排除出去，它才可以否定该生活原则；如果它一定要接受该原则，那么，该原则对于形式就是积极正面的了：这原则不仅作为对立的力量，并且连同它自身的存在一起成了价值实现的根本前提。

时间是生活的丰富和成熟，虽然时间的富足是生活的自我否弃和时间的自我否弃。正面的事物，即不管小说的内容是怎样的无助和悲哀,而小说形式也必须传达出来的那种肯定,不仅仅是那种遥远的破晓的意义——这意义是在失败的寻觅背后发出的微弱的光辉,而且也是生活的富足——这富足是在寻觅和斗争的多次失败后被揭示出来的。小说是成年男性的形式:它的安魂曲来自这样一个预知的认识,即失落意义的萌芽和足迹到处都应该让人发现;本质的仇敌及本质的护卫骑士来自同一个失落家园;生活一定会失去它意义的内在性,因为这样它就可以到处平等地存在。于是,时间就成了小说崇高的叙事诗情的载体:它不屈不挠地存在,没有人能够逆其唯一的潮流方向而上,也不能用先天概念的堤坝来调节其难以预料的流向。但是,一种自暴自弃的情感也是依然存在的:这一切都自有来处,因此也必然有其归宿;如果方向不能传递出任何意义,那么它只能是一个方向。从这个混合着男性勇气的自暴自弃的情感中产生了本质上是真正叙事性的时间体验,因为它既唤起行动,也起源于行动:希望与回忆;它是战胜了时间的时间体验:作为事前(ante rem)凝结的统一体和它事后(post rem)的综观的总观察。如果事关这个形式素朴而快乐的体验,以及事关它们所产生的时间的体验不能成立的话,如果这些体验只是主体性的和内省的,那么,在这些体验之中就不会有这种理解意义的赋形感觉;它们是我们在这个被上帝遗弃的世界上,赋予生命的对本质所进行的最为接近的体验。

这样的时间体验就为福楼拜的《情感教育》奠定了基础,而这种体验的缺失,或者对时间的片面消极的把握,正是最终导致旨意深远的幻灭小说失败的原因。在这种类型的所有伟大作品中,《情感教育》的设计安排的痕迹显然是最少的,在这里并没有尝试着要用某种一体化的进程来克服外部现实瓦解为异质的、脆裂的、片段化零碎的问题，或者以抒情的情绪描摹（Stimmungsmalerei）来取代缺失的联系或感性化合价的问题：现实的分离的碎片以一种艰难、破裂而孤立的方式呈现在我们面前。中心人物的意义的获得，并不是通过限制人物数量，或者将作品硬性编排进中心点，或者强调中心人物的突出个性来实现的：主人公的内心生活是破碎的，如同他的外部环境一样，他的内心并不具备虚假激情的或嘲讽的抒情力量，这力量能使他的内心置身于细琐事物的对立面。然而，在19世纪所有的小说中，这部小说是一部具有小说形式最为典型的难题的小说，在其素材无以缓和的荒芜中，这部唯一达到了真正叙事客观性的小说，赢得了一个真正的叙事客观性，也因为这个叙事客观性赢得了一种业已完成的形式的正面性和肯定性能量。

使这场胜利成为可能的，正是时间。它不可阻挡、无法隔断的流动性是异质性片段得以统一的原则，它将所有异质性片段的棱角尽数削尽磨平，并在它们之间建立起一种联系——尽管是一种非理性的、无以言说的联系。时间让人们杂乱无章的生活恢复了秩序，并为之赋予了一个自发兴盛的有机体的外表：人物出场，却没有看得见的意义显现，人物退场了，还是没有使得任何一种意义彰显出来，人们与他人的联系建立起来了，又再次中断。但人物形象并非被简单地埋置进了非感性的生成和消解之中，通过他们，这个世界被摆放在人们的面前，并且比人们存在得更为久远。时间超越事件和心理，赋予了他们以定在的本质特征：从实用的和心理的角度讲，无论一个人物出现得多么偶然，他总是从一个存在的和被体验到的连续性中亮相，而那在唯一的且不可重复的生活激流中诞生

(Getragensein)的氛围则扬弃了他们所经历的偶然性和表现他们的事件的孤立性。承载一切人的生活总体,在这里变得动感十足、活力四射:小说所包含的时间单位非常广袤,将人们划分为不同的辈分,并把他们的行为划归给了一个历史社会的综合体,这里的时间单位绝不是一个抽象的概念,也不是事后在头脑里构建起来的单位——就像《人间喜剧》的整体所表现出来的那样,而是一种自在自为存在着的、具体而有机的连续统一体。就这一方面而言,这个整体是生活的真实写照,与之相对的理念的价值体系则执行一种调节的功能,在这个整体中,内在地安住于此的理念只是它自己存在的理念、生活的理念。但是,这个理念无情地指出,我们距离真实的、作为人的理想的理念体系是多么遥远,同时它又使一切努力造成的失败相形之下显得不那么黯淡沮丧了:发生的一切都是无意义的、破碎的、充满哀伤的,但也总是被希望或记忆照亮。这里的希望并不是与生活隔绝的、抽象的文艺作品,因为这样的作品由于其在生活中的失败而被玷污和亵渎;这里的希望本身就是生活的一个部分,它尝试着用拥抱生活、装点生活的方式去宰制生活,而实际上它却一再被生活排斥。在回忆中,这个永恒的斗争变成了一个有趣而难以理喻的过程,它用一根扯不断的线将自己、当下以及经历过的瞬间联系了起来。绵延倏忽而来,悄然而去,而这个瞬间于片刻之间给予后者的滞塞以一个有意识的凝视,于是,它使已经成为正在发生和已经过去的一切变得丰富起来,同时用体验的价值美化了当时未曾被留意的、发生过了的事件。因此,在奇特而忧伤的矛盾之中,失败的瞬间就是价值的瞬间;对生活所拒绝的事件的理解和体验,就是富足的生活所由以流出的源泉。被赋形的正是完全缺乏实现的意义,但是,这个塑造自身却达到了一个真实的生活总体性的丰富而圆整的实现状态。

这就是记忆的根本的叙事性质。在戏剧(和史诗)中既不存在过去的事,也不表现完全现存的事。因为这些形式不了解时间的流程,所以,过去与现在的体验的质的差别在它们那里并不存在;时间不具有实现转变的力量,它不能加强或削弱任何事物的意义。这就是亚里士多德指出的形式的意义——对典型场景的揭示和认识:某种在实用价值上对戏剧主人公来说完全陌生的事物进入了他们的视野,于是,在这个因此改变了的世界中,他们必须通过改变初衷来开展行动。但是,这个新引进的因素并没有因为一个时间的角度而被弱化,它与当下的因素是绝对同类而且绝对价值等同的。所以,即使史诗中的时间流程也不能改变什么:之所以黑贝尔能采用克里姆希尔德和哈根之间纯戏剧性的"记仇不忘"(Nicht-vergessen-Können),而且用不着对《尼贝龙根之歌》作丝毫改动,是因为那是他们之间仇杀的前提。在《神曲》中,每个人物所记取的世俗生活对于他们的心灵而言,就像同但丁对话的人与但丁,或者像与他们正在遭受惩罚或接受恩典的场所一样贴近。对于抒情的过往体验而言,只有变化才是根本的。作为对象被塑造的客体,它或者存在于无时间的真空之中,或者存在于流动着的时间的气氛之中,但对于它本身,抒情诗是不熟悉的:抒情诗塑造记忆或忘却的过程,而客体只是体验的一个动因。

只有在小说中或者在类似于小说的个别的某些叙事形式中,记忆才会作为一种创造性的力量出现以影响客体和改变客体。这种记忆的纯叙事性质是生活过程的肯定性体验。如果他在其活生生的当下从记忆中挤出的并在过去的生活激流中成长起来的进程里，看见了他的全部生活的有机性，那么，这里的内心世界与外部世界的二元性就可以因为主体的缘故而被取消。而对二元性的超越，也就是与客体相遇并将之吸收，就将这种体验变作了纯叙事形式的一个要素。幻灭小说以情绪为条件的伪抒情性，主要通过主客体在记忆体验中明显分离这一事实来表现自己：回忆从主体的当下立场出发，把握到了现实中的客体与主体理想图像中的客体之间的差异。这样的作品的猛烈而压抑的性质并非来自被赋形内容的悲哀，也不是来自形式中的未被解决的不和谐，而是来自这样的事实：经验客体是根据戏剧的形式法则构建的，而体验客体的主体却是一个抒情的主体。戏剧、抒情诗和叙事文学——不管我们以什么次序来排列它们——都不是一个辩证过程的正、反、合，它们中的每一个都是一种彼此完全异质的、为世界赋形的手段。每个形式都因为完成了各自的结构法则而似乎都是正面的；对于作为情绪从形式中发散出来的生活的肯定，无非就是对其形式所要求的不和谐的解决，是对它们自己的形式所创造的实体的肯定。小说世界的客观结构展现了一个异质的、由调控理念所控制的总体性，这个总体性的意义虽已被指明，但没有被给定。所以，人的个性和世界的统一（这个统一体被记忆朦胧地照亮，也曾经一度是我们所体验到的经验的一部分），以及主体决定性与本质的客体反映性的统一是承担小说形式所要求的总体性的最深刻、最本真的手段。这是主体回归到了自己内心的家园，他可以在这种体验中显现，因为回家的预期和回家的渴望就存在于对希望的体验之中。回家就是在事后把一切已经有了开端的、被中断的和被抛弃的事物转化为现实并使之完整；在其体验氛围中,氛围的抒情性质得到了超越,因为它联系着外部世界,联系着生活的总体性;把握到了这种一体性的洞见因其联系着客体,而从败坏了的分析论中得到升华:它成了对未曾企及、无以言说的生活意义——那是所有行动的明确核心——的本能的预先理解。

这种艺术类属之悖谬性的一个自然结果就是,那些真正鸿篇巨制的小说都有某种跃向史诗的趋势。《情感教育》是唯一真正的例外,因而最适宜成为小说形式的蓝本。在塑造时间流动的过程中,以及时间对于整部作品艺术中心的关系方面,这种趋势表现得最为明显。彭托皮丹的《快乐的汉斯》可能是 19 世纪所有小说中,仅次于福楼拜而获得巨大成功的作品,它制定了一个目标,达到这个目标能为主人公的生活总体性正名并使之完整,但它在内容上太过具体化,太过强调价值,因而在结尾处未能产生完整的真正的史诗体系。对主人公来说,穿越生活的旅程不仅仅是理想之不可避免的复杂化;它必须绕道而行,否则目的就是空洞而抽象的,即使达到了也是无价值的。他自身的价值只与这个确定的目标相联才是有价值的,因为如此产生的价值只是已经成长(Gewachsenseins)的价值,而非正在成长(Wachstums)本身的价值。他的时间体验有一种跨向戏剧、跨向价值承载体与被意义所抛弃之物的明确分离的轻微倾向,但彭托皮丹用令人惊叹的手法制止了这个趋势,但它作为没有被完全扬弃的二元性的痕迹仍然残存在作品中。

抽象的理想主义与它和位于时间彼岸的超越性家园的内在关系,使得这一赋形的方式变得必然。因此,这种类型的伟大作品——《堂吉诃德》表现得更加强烈——必然会根据其形式和历史哲学的基础,向着史诗进行超越。《堂吉诃德》里的事件几乎都是没有时间的，它们是一系列丰富多彩的、孤立的、在自身内部完成的冒险，其结局是根据它的原则和问题对整部作品进行收尾的，但这个点睛之笔只相对于整部作品而非各个局部的具体综合而言。这就是《堂吉诃德》的史诗性质：它神妙的、远离人间（atmosphärenfrei）的艰辛和喜悦。当然，只有已创作的作品才能以这种方式超越时间的流程，达到纯净的境界，因为承载着作品的生活基础并不是非时间的，也不是神话虚构的，而是从时间流程产生的，它传达了这种起源的痕迹的每一个细节。照进了不存在的先验家园的疯狂的精灵性的信念（Gesichertseins）之光，吸收了这个源头的阴影和被遮蔽的部分，并且以这种光芒的清晰轮廓勾画了一切。但是，这无法使我们忘记那源头，因为作品应把它极端辛辣的热烈和强大的忧伤之无以模仿的混合，归功于对时间之重（Zeitenschwere）的唯一也是不可重复的一次胜利。和在别处一样，战胜了他所选择的形式的危险——也是他所陌生的危险——并找到一条不真实的完美之路的，并不是纯真的作家塞万提斯，而是直觉地把捉到了那不归（nicht wiederkehrende）的历史哲学瞬间的幻想家塞万提斯。他的幻想发端于两个历史世系的分水岭，它认出了并理解了那两个世系，并把最使人困惑、最为烦乱的难题提升进了那已经达到、已经成为形式的鼎盛期的先验的光辉领域。《堂吉诃德》的形式的先行者和后继者——骑士史诗和冒险小说——都表明了这种形式的危险，也就是它们跃向史诗以及不能对绵延赋形的危险：琐碎平庸的危险，滑向消遣读物的危险。这是这类小说的必然难题，正如无力超越过重、过强存在的时间的碎裂和无形式，是其他小说形式——幻灭小说——的固有危险一样。

三　一种尝试的综合——《威廉·麦斯特的学习时代》

《威廉·麦斯特的学习时代》（*Wilhelm Meisters Lehrjahre*）在美学和历史哲学方面刚好处于前两类赋形构态之间：它的主题是成问题的个人在经历的理想引导下与具体的社会现实之间达成的和解。这种和解不能也不该成为一种对一开始就存在的和谐的自我满足；否则这种和谐会产生现代幽默小说已经个性化的类型，因为只是在这样的小说中，在幽默小说中作为中心的善的先定和谐才会把一种必然的不幸分派给主人公——弗莱塔克（Freytag）的《借方与贷方》（*Soll und Haben*）便是这种没有头脑的、反诗原则之客观化的教科书范例。人物的种类和情节结构在这里受制于形式的必然性，即内心与世界的和解虽然问题重重，却是可能实现的；必须在艰难的抗争和险象环生的迷途中去寻觅和解，且最后一定能够发现它。所以，这种小说所描述的内心必然存在于这两种已经分析过的类型之间：它与超越的理念世界的关系无论是在主体方面还是在客体方面都是松散的，然而，完全自立的心灵没有完善它的实然世界，也没有完善与外部现实相对的应然世界，即它作为一种假设以及一种雄心勃勃地参与竞争的力量；相反，这样一部小说中的心灵标志着与先验秩序的纤细（entfernteren）然而未曾泯灭的联系，它自身挟带着对一个符合理想——这个理想无法正面地定义，但能借用负面的术语准确地表述——的世俗家匠的渴望。这个内心一方面是宽广的因此适应性更强、更为柔和、更为具体的观念主义，另一方面是心灵在行动中寻求实现、对现实有效地发挥作用而不是耽于冥想的扩展。所以，这个内心就横亘于观念主义和浪漫主义之间，但在它企图综合并克服它们两者的时候，这一尝试却被作为一种妥协而遭到了双方的拒绝。

主题所给出的在社会现实中的行动这种可能性将导致这样的结果：它将外部世界划分为职业、阶级和等级等，这对于作为其社会行动的底基的特殊人物类型具有决定性的重要意义。鼓舞着这些人并决定他们的行动的理想是有其内容和目的的：在社会的构成物处发现其联结，为心灵的最深处寻求其实现。这意味着，至少在假定的意义上，心灵的孤独被克服了。反过来说，它以人们内部的共同体、牵涉人们之间本质的共同行动和理解为前提。这个共同体既不是天真自然地根植于明确社会结构的结果，或是血族关系自然团结的结果（如同古代史诗那样），也不是一个神秘的社会团体体验，它将一个原来是极为短暂的、静止的和罪恶的孤独的个体在突然被这束光照亮之前，给遗忘掉了，并远远地抛在身后，这个共同体事实上是从早先孤立、固执、自我封闭的人格状态发展到一个互相磨合和互相适应状态而逐步形成的；它是一个丰富的和正在充实的放弃的成果，它是一个教育过程的荣耀成就，是一种通过抗争和努力赢得的成熟。这种成熟的内容是自由人性的一个理想，自由人性理解并承认社会生活的结构是人类共同体的必然形式，然而同时，又把它们看作本质生活实体的推动力,换言之,它们将这些结构占为己有,但不是在它们国家法律严格的自为服务之中,而是将之视为超越了它们的目标的必要工具。抽象观念主义的英雄气概和浪漫主义的纯内在性因此相对公正地得到了认可,尽管只是作为有待被超越的、转为内向秩序的一体化趋势;对它们自身而言,它们似乎是应该被抛弃的,注定要遭到毁灭的,如同庸人习气一样:满足于每个外部秩序而无视它们是多么缺少理念,只是因为那是现成存在的秩序。

理想和心灵之间的关系结构把主人公的中心地位相对化了:这只是一个偶然;主人公从无数像他一样奋进的人当中被挑选出来,被放置在叙事的中心点,只是因为他对世界的搜寻和发现最清楚地暴露了世界的总体性。但是,在记录威廉·麦斯特的学徒生涯的塔楼中,雅尔诺(Jarno)和洛塔里奥(Lothario)以及社团中的其他成员和非成员的学徒生涯也被记录了下来,在住养老院的贵族妇女的回忆里,小说本身还包含了跟主人公教育故事并行的线索。当然,在幻灭小说中,中心人物的地位也是偶然的(然而,抽象的观念主义却必须利用一个以孤独为特征、被置放于事件中心的主人公);但这是进一步暴露腐败现实的手段:在每一个内部的必然失败中,单个人的命运只是个一段插曲,世界正是由无数个这样的相互异质的、孤独的插曲组成,这些插曲作为相同的命运必须承受失败。然而,这一相对化的的世界观基础就是朝向一个共同目标努力的获胜的可能性;众多个体通过这个命运共同体彼此紧密地联系起来了,而在幻灭小说中,生活轨迹的并行相反更增添了人物的孤独感。

因此，在《威廉·麦斯特的学习时代》（以下简称《威廉·麦斯特》）中，在完全指向抽象观念主义的行动和把行动内在化并将之降低为沉思的浪漫主义之间，歌德寻找到了一条中间道路。作为这种赋形类型的基本信念的人文主义，需要行动和沉思之间的平衡，需要改造世界的愿望和面对世界的接受能力之间的平衡。我们把这种形式叫作教育小说。当然，小说的情节必须指向一个确切的目标，必须是一个有意识的、收放自如的过程：如果缺少诸如此类的人物的介入，缺少有力干预的积极介入，甚至缺少幸运的偶然事件，人物的品格就绝无可能欣欣向荣地发展；因为这种方式所达到的目标因其对他人而言是教化、是提升，它本身就是一种教育手段。由这种目标所规定的行动，拥有一种建立在确定基础上的某种宁静。但这不是一个受到限制的世界的先天的宁静；这是目标明确而坚定要接受教化的意志，正是这意志创造了终极安全的氛围。在这样的小说里，对于世界和它本身而言，危险都没有消失。为了表现这危险，这个加诸各色人等的危险，面对个人有机会获救但先验的救赎之路却不复存在的状况，成千上万的人物必须被毁灭，因为他们无力适应这个世界，而其他人则慢慢枯萎、褪色，逐渐淡出，因为他们向现实轻率地、无条件地屈服了。但是，个体获救的道路确实是存在的，因为整个团体中的许多人已经凭借着互相扶持而胜利地到达了这条路的尽头，当然，在这个过程中也不免会出现谬误和迷乱。很多人所以为的已成之事，对于所有人来说，至少就可能性而言，尚等待完成。

这种小说形式之强烈而稳固的基本感觉来自其中心人物的相对化，而这个相对化又是由关于共同命运的可能性和生活构态的信念决定的。如果这种信念消失了,如果用正规的术语来表达的话,等于说:一旦小说的情节由一个孤独的人的命运构成,这个人仅仅穿越了或真或幻的种种共性,但是他的命运并没有和它们融为一体,这就必然会对作品的构态方式造成根本改变,从而使之更接近于幻灭小说的形式。因为这里的孤独既不是偶然的,也不是针对单个人而产生的,实际上它意味着,对本质的向往总是通向了社会构造物的世界和共同体的世界之外,一个共同体只有在生活的表层上和妥协的基础上才是可能存在的。中心人物之所以成为成问题的人,并不是由于所谓的"错误的倾向",而是在于,他要把他最内在的东西在外部世界真正地付诸实现。这种形式下该类型的小说所保留的教育因素和把它跟幻灭小说严格区分开的教育因素在于:人物最终抵达无奈的孤独状态并不标志着他所有理想全线崩溃且受到了亵渎,而是说明他已认识到了内心和世界的差异,通过行动认识到了这种二元性——他不得已接受了社会的生活形式,把自己封闭起来,让只能在心灵里面实现的内心严密地封存,从而与这个社会达成和解。他的最终归宿表现的是世界的当下局势,而不是对这世界的抗议,也不是对它的附和;只是对它在理解前提下的体验,这个体验努力要使两个方面都得到公正的解决,同时看到心灵不能在世界中实现自己的原因不仅仅在于世界的非本质性,还在于心灵的虚弱。在歌德以后的多数个案中,区别教育小说和幻灭小说的界限就常常变得很不固定了。《绿衣亨利》(*Grünen Heirich*)的第一版或许对这个问题作出了最清楚的说明,但在最后一版中,歌德则明确地选取了形式所要求的道路。这种可能会出现的界限不明确性虽然是可以克服的,但因其历史哲学的基础而暴露了存在于形式中的极大危险：那是一个非范本的、非象征的主观性危险，这个主观性必然会破坏史诗的形式。在这样的前条件下，人物和他的命运就极可能是很个人的，作为一个整体的作品就变成了私人回忆录，记录着某个人是如何跟他的周边世界打交道的。（幻灭小说以命运碾压、夷平的普遍性抵销了人物增长的主观性。）这个主观性较之叙事声调的主观性更难以被取消：它赋予一切以人物形象——即使其赋形的手段是最道地的客体化技术（aufs vollendeste objektiviert），那都是不幸的、无关紧要的、渺小的纯私人的人物形象；它留下一个视角让人更为不安地清楚看到了总体性的缺场，因为这是它无时无刻不在要求塑造这样的总体性。现代教育小说的绝大部分都无可挽救地陷入了这个危险之中。

《威廉·麦斯特》中的人物和命运结构决定了它们社会环境的结构。在这里，我们也有一个中间状态：社会生活的构成物不是一种坚固安稳的超越世界的拟像（Abbilder），也不是封闭于自身、明白地划分的、出于自身目的能把自身实体化的秩序；这样一个世界就排除了小说人物寻找或迷失其道路的任何可能性。但是，它也没有变成一个无定形的团块（Masse），因为在那样的情况下，旨在发现秩序的内心就始终是无家可归的，如此一来，要达到那个目标从一开始就是无法思议的。社会世界于是成了一个日常世界，有生命的意义有可能部分地穿透这个世界。

于是，在外部世界里产生了一个异质性的新原则：多层结构的差序格局和根据它们意义穿透力而划分的结构层次，这种等级制度是非理性的，也无法理性化；在这样的情况下，意义不是客观的，而是个性施展的可能性。作为作品创作的一个因素，反讽获得了完全具有决定意义的重要性,因为没有一种构造物能够自在而自为地承认这样的意义,也没有可能否定这样的意义,因为它是否具有这样的能力从一开始就未被说清楚,而只有在个人的交互作用(Wechselwirkung)中才有机会登场;而在任何一个交互作用中还不能确定,个体结构的适当或不适当是否应当归咎于个体的成败,也无法确定这是否是对结构本身的一个评判,在这样的事实下,这个必然的含混意义得到了增强。对这一事实的讽刺性肯定——因为这种不确定性甚至连最缺乏理念的现实都给予了一缕光芒——只是一个过渡阶段:教育事业的完成必然要将现实的某些部分理想化并且浪漫化,其他部分就像对于纯感性的处理一样,都留给了散文。另一方面,面对这样的归乡以及它的手段,作者也不应放弃其反讽立场,不应让位于无条件的肯定。社会生活的客观化只是为了使那些外在于并超越这些客观化的事物的动态发生变得可见、丰富而积极,使得现实世界过去了的、有着反讽意味的同质化即使在最后回归家园的那一刻也无法被取消,而且没有危及整体的一体性,同时对家园的回归也不能不把其现实的特性归咎于此——它的特性对于主体的视角和趋势,以及它与它们相对的独立的存在,总是不明确的。这样所达到的富含意义的、和谐的世界和不同层级下的无意义,以及在小说情节中先期存在的破碎的意义穿透一样,都是真实的,并有同样现实的特征。

在这个浪漫地塑造现实的反讽的技巧当中,存在着这种小说形式的另一种巨大的危险,而只有歌德曾成功地避开了它(但也不过是局部的成功)。这里的危险是,把现实浪漫化到使它完全超出了现实的领域,或者从艺术赋形的角度看更危险的是,把现实浪漫化到了一个彻底远离问题、超越问题的领域,而且是小说的赋形形式(gestaltende Formen)对此再也不能胜任其要求的领域。诺瓦利斯就是因为这一点而把歌德的这部作品斥为散文的、反诗的,并加以排斥,他又把童话——在现实中得以实现的超越性——设定为反对《威廉·麦斯特》中的塑造方式所设定的目标和史诗教义。他写道:"在某种意义上,《威廉·麦斯特的学习时代》完全是散文式的和现代的作品。浪漫的因子在此被埋葬,受到同样命运的还有自然的诗歌和神妙的力量。歌德只描写了寻常的属于饮食男女的事情;而自然和神秘则被完全忘记了。这只不过是诗化了的市民故事和家长里短。隐藏在其间的神妙力量很明显地被当作诗歌和颠倒梦想来处理了。艺术的无神论是本书的核心灵魂……该作品在根本上……是顶级程度的非诗化,无论其描写多么具有诗意。"诺瓦利斯怀着这种倾向回返到骑士文学时代并不是偶然的,而是作家基本信念和其作品素材之间谜一般的极为理性的亲合力的结果。像这些骑士文学作家一样,诺瓦利斯也想创造一种总体性,一种在现世世界里所闭合的总体性——我们这里所说的当然只是一种先验的共同体的努力,而不是任何直接的或是间接的"影响"。因此,他的这种风格就和那些骑士文学作家的风格一样,都以童话为自己的目标。然而,中世纪的史诗作者所追求的目标是立足素朴自然的意义为现世世界赋形(先验见缝插针一般的存在,以及连同由此使得现实变为童话的神化,都只不过是它们从它们的历史哲学情状那里获取的礼物),而这样的童话现实对于诺瓦利斯来说,只意味着重建一个在现实和超越之间打破了的统一,并成为一个有意识的创作目标。所以,他无法获得一种决定一切的、巨细无靡的综合。他的现实如此不堪世

117

俗的无理念之重,他的超越世界如此空泛、如此索然,是因为它们过于直接地来源于纯抽象的哲学玄思领域,以致这两者不能被有机地塑造为一个活泼的总体性。所以,诺瓦利斯在歌德作品里敏锐地发现的艺术裂隙,在他自己的作品里显现得更为彰显,而且他那里的裂隙还无法桥接:诗的胜利、诗对整个宇宙之神圣化的和救赎的统治,并不具有决定性的力量足以把一切世俗的、散文的事物接引到天堂贴近自己;对现实的浪漫化只是给现实披上诗的抒情光影,但是,用叙事诗的话来说,这个光影并不能转化为事件、转化为史诗;所以,诺瓦利斯作品里真正的史诗赋形,或者面临着和歌德同样的甚至更为尖锐的难题,或者被反思和情绪的拟像所环抱。诺瓦利斯的这种风格因此只是纯反思的,虽然在表面上掩盖了危险,然而在根本上却是激化了危险。在现实处于发展阶段还缺少先定和谐的情况下,对社会生活结构的抒情的、以情绪为主导的浪漫化,就无法与内部的本质生活发生关系。诺瓦利斯既然抛弃了歌德所走的路,即从主体出发寻找反讽之徘徊不定的平衡点这一道路,尽可能不触及社会的本来结构,那么他就只剩下唯一的可走的路,那就是将这些客观定在的构成物诗化,以创造一个美丽和谐的世界,但这世界只封存在他自身中,而不与外界发生任何接触:这样一个世界仅仅反思地、仅仅是通过情绪而非在任何的史诗意义上与终极实现的超越或与问题中的内部相关联,所以,这个世界因此不能化为真正的总体性。

当然,即使是歌德也没能够完全克服这些危险中的难题。尽管他着力强调,穿透进主人公得以行动的社会领域的意义仅仅具有潜在的、主体的特征,负载着整个社会大厦的共同体观念要求社会结构必须具有更为庞大、更为客观的实体性,这样,它们对于应然的主体就拥有了比已经克服了的领域更加纯正的标准尺度。对基本问题的客观解决使小说向史诗走得更近了;但是,一部作品不可能以小说开始,而以史诗结束,同样,即使这种交迭发生了,再次用反讽的赋形以图使小说的余部达到完全同质的超越也是不可能的。《威廉·麦斯特》这样一个在某种程度上是相当脆弱的、不完全属于小说的高贵世界,必须被设定为对生活的积极支配,与戏剧的神奇统一起来的氛围相对,而戏剧正是诞生于小说形式的真实精神。确实,通过与小说缔结的联姻方式,作为一种社会阶层的贵族以最大限度的史诗和感性的力度内在化了;所以,这个阶层的客观优越性不过意味着,仅仅是为那些拥有必需的内部前提的人敞开更好的机会大门去享受自由的、挥霍的生活。尽管保留了这种反讽,但这个社会阶层还是被提升到了一个实体性的高度,从内在而言,它无力与此高度抗衡:它必须把自己限定在其框架里,虽然只是一个很有限的圈子,却依然能展开广泛的、包含一切的文化盛况,这个盛况能把最为复杂多变的每个个体命运吸收进自身;换言之,世界以贵族阶层为界,并仅以此阶级而构成,这样史诗的光辉才能照耀挥洒进来。歌德虽然拥有最杰出的艺术技巧,能在小说中引入新的问题并使之显露出来,但他也不能改变小说结尾处的内在固有的结果。他描写的世界,仅仅是相对地与本质生活相匹配,因而在其中不含有任何能够形成这样一种风格的因素。所以,歌德被迫在《威廉·麦斯特》的最后部分引进了饱受诟病的幻想要素——神秘的塔楼,以及相时而动、无所不知的新入会人物。歌德在这里运用了浪漫型史诗的赋形手段,这些手段对他而言是给小说的结尾赋予感性的意义和沉重所必需的,他轻灵地、讽刺地运用这些手段,即使这样他也没能够去除史诗的特征,他希望把它们转化为小说形式的元素,但他失败了:借助于塑造的反讽,他在别处都能够给那些不值得艺术处理的事物赋予实体,也能够通过揭示所谓神奇事物的游戏人生、任意独断,以及其根本上非本质的特性,贬低这些神奇元素,从而控制住了那种力图溢出小说内在固有形式的趋势。但是,他也无法阻止这样一种不谐和音破坏整个协调的合唱:神奇元素变成了没有隐藏深意的故弄玄虚,变成了没有真正重要意义的过度强调的行动元素,变成了没有优雅装饰的游戏点缀。这不仅仅是对当代品味的让步(如同许多人在辩解中声称的那样),但尽管如此,要是没有这种神奇元素,不管它们是多么的无机,《威廉·麦斯特》这部作品都是不可想象的。一种本质的、形式的必然性迫使歌德运用它;对它的运用之所以失败了,只是因为在符合作者的世界观的前提下,它的意图不是指向一个问题重重的形式,而是它的底基——等待被赋形的时代所许可的。在这里,作者的乌托邦观念没有让他仅仅停留在时间所给定的难题图绘之前;他不能满足于匆匆的一瞥,不能安心于无法实现的意义仅仅是主观体验;他被迫做一次纯个人的体验,并将它假定为存在的和构成性的现实意义,认为它在臆想之中可能是普遍有效的。然而,现实拒绝强行将它抬高到这个意义水平,并且——如同一切伟大文学形式的的决定性问题一样——没有一位艺术家具备足够博大而高超成熟的赋形身手去桥接这个深渊。

四　托尔斯泰和超越社会生活形式的尝试

　　小说形式向史诗的超越总是根植于社会生活中的，它打破了形式的内在性，在将被赋形的世界的要害之处，强求一个实体性，但是，这个世界却无法以哪怕极其微弱的方式来承受这种实体性，并保持一种平衡状态。艺术家的史诗意图，以及他企图到达一个超越问题的世界的愿望，都只是指向了社会形式和构成物的内在的乌托邦理想；一般说来，它并没有超越这些形式和构成物，而是超越了它们历史地生成的具体的可能性——仅仅这些就足以破坏形式的内在性了。这个观点是在幻灭小说中第一次出现的，在那里，内心与世俗世界的不协调导致了前者对后者的全盘否定。但是，只要这个否定仅仅停留在内心的立场上，小说的内在性——假定形式已取得完成——就还是完整无缺的，平衡的缺失只是形式在抒情与心理上的解体过程，而不是小说向史诗的超越。（我们已经分析过诺瓦利斯的独特见解。）如果世俗世界对乌托邦的拒绝态度在一个同样存在着的现实中实现了自身的客体化，那么，对论战的拒绝也就成了赋形的中心形式，在此情况下，小说向史诗的超越就不可避免了。西欧的历史发展过程中并没出现这样的机会。在这里，心灵的乌托邦要求指向了某种从一开始就无法实现的目标——一个与已经化为内心的变化丰富、高度精致的心灵相匹配的外部世界。世俗世界拒绝的并不是世俗日常的东西，而是部分地拒绝心灵的异化，部分地拒绝精巧的缺失，部分地拒绝其文明而非文化的本质特征①，部分地拒绝其枯干的精神荒漠。除了可以被形容为神秘的无政府主义倾向之外，被寄予希望的一切指的都是在与心灵相匹配的构造物中将自身客体化的一种文化。（这也就是歌德的小说与这个特殊发展的共通点，但只有在《威廉·麦斯特》中才能发现这样一种文化，从这种文化中产生了该作品独有的韵律：随着主人公逐步走向成熟，日趋本质化的构造物层次越来越多地抛弃了抽象的观念主义和乌托邦的浪漫主义，而这一点正不断地超出他的预料。）这样的批评因此只能抒情地来表述。即使是卢梭，他浪漫的世界观也是以对一切文化构造物世界的背离为内容，他的论辩采取了纯论辩的形式，那就是修辞、抒情和反思；西欧文化根深蒂固、无可逃离地生长于其建构的构成物中，因此，它无法采取论辩以外的形式来对抗这些构成物。

19世纪的俄国文学非常贴近有机的、自然的原初状态，这给当时的俄国文学赋予了观念的和创作的底基，使这种创造性的论辩成为可能。继屠格涅夫——欧洲的一位重量级幻灭小说家——之后，托尔斯泰创造了这种从小说最大限度地向史诗超越的形式。托

---

① 与卢卡奇同时代的德国思想家斯宾格勒有一种观点，认为文化是一个生命有机体，文明是文化之不可避免的命运，是人性发展所达到的最外在和最不自然的状态，也是文化的结局。这一观点与齐美尔和卢卡奇的文化悲剧观念颇有暗合之处。

尔斯泰阔大且真实的史诗观念与小说形式相去甚远,它向往一种建筑在与自然紧密相连的、质朴的人们的共同情感基础的共同体之上的生活,向往一种依偎于自然的不朽韵律的生活,向往一种伴随着自然的生生死死的节拍而动的生活,向往一种摒弃了一切狭隘的、分离的、破碎的、僵硬的、非自然的形式的生活。"农民(Muschik)①悄然无声地死去了,"他在给 A. A. 托尔斯泰伯爵夫人的信中谈到了他的小说《三个人的死》(Drei Tode),"他借以维系他生命的宗教就是自然。他伐树、种麦、割麦,他宰羊,羊是在他的庄园里出生的,孩子们降生到这个世界上,老人故去了,他了解这条法则,就像巴琳雅(Barinja)②那样,从未违逆这条法则,他熟知这些,总是直接地、简单地看着别人的眼睛……树木安静地死去,死得又是那么简单而美丽。之所以美丽,是因为它不以谎言欺人,因为它不扮怪相、无所畏惧也无可懊悔。"

托尔斯泰历史观的矛盾之处最有力地说明了小说是我们这个时代必然的史诗形式,其事实依据是:这个世界无法转化为运动或行动,即使作家期待这样的结果,而且真切地、具体地目睹了它,甚至描绘了它的丰满形象;这个世界只是史诗作品的一个要素,而不是史诗现实本身。因为旧史诗自然有机的世界是一种文化,这种文化的有机性质就是它的特别性质,然而,被托尔斯泰定性为理想和作为存在而体验的自然,在其最内部的本质中,就意味着自然,因此它同样地与文化是相对的。这样的相对是必要的,也是托尔斯泰

---

① 原文是俄文,指沙俄时代的农民。
② 小说中的女庄园主。

小说不可解决的难题。换言之：他的史诗倾向的观念必然产生一个问题重重的小说形式，不是因为他没能够克服他内部的文化，也不是因为他与他所体验和描写的自然的关系是感伤的——不是由于心理原因，而是因为形式的原因及形式和历史哲学底基的关系的原因。

只有在文化的基础上，而不论人们对此采取何种态度，人和事件的总体性才是可能的。托尔斯泰的史诗作品的决定性要素，无论是框架结构还是具体内容的填充，都属于在他看来是有问题的而加以否弃的文化世界。因为自然是客观存在的，尽管它不能自我圆整地成为一个内在完全闭合、完整的总体，在作品中存在两种现实的层面，两者不仅在被赋予的价值方面而且在它们存在的性质上都是彼此完全迥异的。它们之间的相互关系使构建一种作品的总体性成为可能，也只能采取从一种现实走向另一种现实所经历道路的形式；或者，更确切地说：由于选择的方向是被赋予给两种现实价值的给定结果，它是从文化到自然的道路。于是，作家观念和他所处时代的矛盾关系的矛盾结果——一个感伤的、浪漫的经历就最终成了整部作品的核心：关键人物对周围的文化世界向他们提供的一切心怀不满，以及他们对自然的另一种充满本质的现实的寻觅和发现。从这个主题得出的悖论通过这个事实得到了进一步的加剧，即托尔斯泰的这个"自然"并不具有能实现它的丰富性和圆整性，它就像歌德小说的结局部分出现的世界，相对地更具有实体性，成了主人公能够企及、可以在里面安住的家园。它只是以事实证明了：一个本质生活一定是超越了世俗性而存在着的；这是一种通过完备而真切的自我体验、心灵的自我体验能够达到的世界，然而，也是一个人们必然无可免回地从其中跌出再度坠入的另一个世俗世界。

作为具有历史性伟大成就的作家凭借其英雄般的毫不罢休，托尔斯泰没有在他的世界观的黯淡后果面前退缩；他赋予爱情和婚姻以单一位置，即处于自然和文化的中间位置，它们在两个领域里都有回家的感觉，却彼此感到陌生，即便如此，也不能缓和这些后果。在自然的生活节奏中，在非激情的、自然的生生灭灭的节奏中，爱情对生活的支配力量在这一点上采取了最具体、最清楚明了的赋形。但是，作为纯自然力量的爱情，作为激情的爱情，都不属于托尔斯泰的自然世界：充满激情的爱在个体和个体之间的关系之中连接得过于紧密，因而十分孤立，产生了过多的等级和精细的微差——文化因素太多了。确确实实占据了这个世界的中心位置的爱情，是一种以婚姻和结合为目的的爱情——这种结合、一体化的事实比起谁置身于其中这个问题更为重要，也是作为生殖工具的爱情；婚姻和家庭是自然连续生活的一种媒介。由此，在大厦中引入了一种思想上的分裂，如果这种摇摆不能创造出另一种异质的现实层面，而且这现实层面不能与其他彼此迥异的两个领域合成地相连（kompositionelle Verbundenheit），它就不会具有什么艺术意义；所以，越是真实地描写这种现实层面，它就越会被转化为意图表达的对立面：爱情对文化的战胜就是自然对虚假的矫饰的胜利，这样的胜利变成了自然对一切人类高贵和伟大质素的无情的生吞活剥，这个自然活跃在人们中间，但是当它在我们的文化世界中纵情享受之时，它就把人降低为最低级的、无头脑的、最脱离理念的世俗日常。所以，《战争与和平》（*Krieg und Frieden*）尾声部分的情绪——在其安静的托儿所氛围中，所有激情都被耗费了，所有的寻觅都终结了，较之问题最大的幻灭小说的结尾，《战争与和平》的结尾郁结着更深刻的痛苦。以前的所有都荡然无存，如同荒漠的砂砾覆盖着金字塔，一切灵魂的东西都被动物的自然性吞噬，化为乌有了。

结尾部分的这种非本愿的痛苦连接着一个本愿的痛苦：对世俗世界的描写。托尔斯泰的评判和弃绝的态度向他描写的每个细节延伸。他所描写的生活的无目的性和非实质性不仅向认识到这一点的读者客观地表达了自己，也不仅是一个逐渐失望的体验，而且是一个先天的、固定的、运动的虚空和不安的倦怠。每段对话和每个事件都留下了作者裁决的印记。

这两组的体验①与对自然本质的体验相对。在绝对罕有的、伟大的瞬间——多为死亡瞬间，一个现实向人们展示，人们在顿悟的瞬间发现并把握了统治着他们、在他们内部发生作用的本质和生活的意义。在这样的体验面前，他们全部的过去生活都沉落进入虚无；他们所有的冲突、所有的痛苦、所有的磨难和这一切所引起的迷茫显得极其狭隘而非本质。意义在这里出现了，通往鲜活生活的道路向心灵敞开了。在这里，托尔斯泰又一次以他真正天才的离奇的无情揭示了他的形式及其基础的最深刻难题：这些施予重要的福佑的瞬间都是死亡瞬间——伤势严重的安德烈·包尔康斯基（Andrej Bolkonsky）在奥斯特里茨战场对死亡的体验，加里宁（Karenin）和沃伦斯基（Vronsky）在生命垂危之际的安娜

---

① 英译本增加了补充说明：这两组分别是对私人的婚姻世界的体验和对公众的社会世界的体验。

（Anna）床榻边的同一体验——真正的福佑是，现在去死，能够这样去死。但是，假如安娜恢复过来了，安德烈远离了死神，那么，伟大的瞬间也就悄无声息地消失了。人们又一次回到了世俗的世界，回到了漫无目的、非本质的生活。伟大瞬间指明的道路随着伟大瞬间的逝去而丧失了其指引方向的实质性和现实性；人们无法走上这样的道路，一旦人们自以为踏上了这样的道路，他们的事实就成了歪曲伟大体验展示的苦涩的漫画。（列文对上帝的体验和因此对他所取得的成果的坚持——且不论他不断地得而复失的心理事实——源自思想家托尔斯泰的意志和理论，而不是源自赋形艺术家托尔斯泰的想象。它是纲领性的，缺少其它伟大瞬间直接的明显特点。）能够真正地经历他们的体验的少数人——也许普拉东·卡拉塔耶夫（Platon Karatajew）是唯一的这一类型的人，即必然的次要人物：事件从他们身边滑过，他们的本质没有卷入事件，他们的生活没有客观化，人们无法对它赋形，只能暗示，只有在和其他的具体的艺术的对比中才能对它定义。它们是美学的边缘概念，而不是现实。

　　这三个现实层面与托尔斯泰的三个时间概念相符，由于不可能将这三者结合，才最清晰地揭示出他作品的内部难题塑造得何等丰富而深刻。世俗世界本来是无时间的：不断重现、屡屡反复的单音调都是在其自身无意义的法则下展开的；是一种没有方向、没有成长、没有死亡的永恒运动。人物来往变换，但是，在这样的持续变迁中什么也没有发生，因为任何人物都是同样的非本质，任何人的位置都可以被任意一个其他人替代。无论什么时候人们走到这个舞台上，什么时候离开这个舞台，人们都可以看清或者抛弃这种到处都一样的杂色的非本质。托尔斯泰的自然的河流在此之下流淌：一个永恒韵律的连续性和单音调。在这里，凡经受改变的也都是非本质的，即个人命运。个人命运被河流裹挟，在其中沉浮，它的存在不再拥有基于其自身建立起来的任何意义，它与整体的关系没有吸收它的个人性，而是毁灭了其个人性；作为一个个体的命运，而非无数个挨个排列的同等类型、同样价值的生活韵律的一个要素，它对于整体而言都是无意义的。伟大瞬间在一闪念之间照亮了一个本质生活，照亮了一个富含意义的过程，这样的瞬间与另两个世界隔离，跟它们并没有建构性的关系。时间的三个概念不仅是互相异质的，彼此无法统一，而且它们之中没有一个能够表达真正的时长、真正的时间、小说的生活要素。跨越文化的举动只是破坏了文化，而没有使一个更坚固更实质的生活回归自己的位置；小说形式向着史诗的超越只是使它更加问题化，而不能以具体的构型更靠近理想的彼岸，这属于史诗的超越问题的现实。（如果用纯艺术术语来表述，托尔斯泰的小说就是推向极端的幻灭小说类型，是福楼拜形式的巴洛克版本。）在意识中被观望到的本质自然的世界只不过是暗示和体验，是主体的，而对于被描写的现实是反思的；在纯艺术的意义上，它与任何向往一个更谐和现实的愿望是一样的。

文学的发展还没有超出幻灭小说的类型，文学的最新动向也还没有显示出创造另一种本质上全新的文学样式的可能性：我们现在拥有的文学形式无非是对过去赋形方式的有选择的模仿，只是在外在的非本质方面，即抒情和心理方面，似乎拥有创造的能力。

托尔斯泰显然采取了双重的立场。从纯粹的指向形式的角度来看（在他那里，我们还无从判定是什么东西根本地决定了他的观念和创作世界），他是欧洲浪漫主义的终结者。然而，从他作品中所描写的一些绝对的宏大场面来看（仅仅就形式的方面而言，就他的作品所构成的整体性而言），他又是一个主观的反思作家。他展示了一个高度迥异、具体而存在的世界，如果这个世界能向总体性延展，那么，它根本就无法通向小说的范畴，并需要一种艺术创作的新形式：更新的史诗形式。

这个世界是纯粹心灵现实的领域，在这里人是作为一个人而存在着，而不是一个社会存在，也不是孤独的、唯一的、纯粹的因而是抽象的内在。如果这个世界能被质朴地、自然地、简单地体验，以唯一真实的现实形象出现，那么，从这个世界的所有实体和关系之中就能建造出一个全新的、圆整的总体性，这个世界能把我们分裂的现实远远地抛于身后，而后者因此可能只成为一个背景，它对我们的分裂社会的超越程度恰如我们这个社会的、"内在"的二元世界超越了自然世界的程度。但是，艺术无力承担这种变迁：宏大叙事诗是与历史瞬间的经验相系的一种形式，任何要把乌托邦作为存在来描写的尝试最后都必然破坏形式，而不能创造现实。用费希特的话说，小说是绝对罪恶时代的形式，只要世界还是在同样一个星空的笼罩下，小说就一定还是主导的形式。在托尔斯泰那里，意图闯进一个新时代的想法是显而易见的：当然只停留在论辩的、渴慕的、抽象的层面上。

在陀思妥耶夫斯基的作品里才展示出了这样一个新世界，这个世界远离矛头指向现存事物的一切争斗，只被简单地看作一个现实。所以，他和他所创造的形式不在本书的论述范围之列：陀思妥耶夫斯基并没有写小说，他作品里的创造性思想意识，无论是肯定还是否定，都与19世纪的欧洲浪漫主义无涉，同样也与各种各样类似的浪漫派对他作品的反应无涉。他属于新的世界。只有对他的作品作形式分析才能说明他是否已经是那个世界的荷马或但丁，或者他是否写下了颂歌，这些颂歌将连同其他先贤的作品一起被后来的艺术家汇编入一个辉煌的整体，他是否只是一个开端或者已经是一个完成。历史哲学能够承担起这个图绘的任务来解释说明，我们是不是真的准备好离开这个绝对罪恶的年代，或者新事物的降临是不是宣示了我们的希望；希望只是一个世界即将来临的征兆，它依然是如此脆弱，即使是已存事物之中微不足道的力量也能轻而易举地将它粉碎。

译后记

　　本书的翻译由张亮和吴勇立合作完成。1998—1999年，两位合作者根据德文版、参考英文版完成初稿的翻译，后经校订、润色而收录于2004年出版的《卢卡奇早期文选》。该版《小说理论》出版后，在推动国内卢卡奇早期思想研究方面发挥了积极作用，两位合作者对此深感欣慰。在此后20年间，两位合作者一直有意对译文进行校订并出版单行本，这一夙愿终因《卢卡奇文集》的问世得以实现。在准备本单行本的过程中，两位合作者均对《卢卡奇早期文选》版译文进行通读校改，并对一些概念、术语的翻译进行了必要的技术性处理。谢瑞丰参与了单行本的技术处理工作，两位合作者对此表示感谢。

张　亮　吴勇立

2024年5月